周本立◎著

《游目骋怀》
Youmu Chenghuai

 时代出版传媒股份有限公司
安徽文艺出版社

游目骋怀

YOUMU CHENGHUAI

周本立 ◎ 著

时代出版传媒股份有限公司
安徽文艺出版社

图书在版编目（CIP）数据

游目骋怀/周本立著. --合肥：安徽文艺出版社,2022.1
ISBN 978-7-5396-7278-6

Ⅰ．①游… Ⅱ．①周… Ⅲ．①诗集－中国－当代
Ⅳ．①I227

中国版本图书馆CIP数据核字(2021)第264740号

出 版 人：姚　巍
责任编辑：刘姗姗　　　　　　装帧设计：徐　睿

出版发行：时代出版传媒股份有限公司　www.press-mart.com
　　　　　安徽文艺出版社　　www.awpub.com
地　　址：合肥市翡翠路1118号　邮政编码：230071
营 销 部：(0551)63533889
印　　制：安徽新航向印刷有限公司　(0551)65661327

开本：710×1010　1/16　印张：12.5　字数：260千字　彩插：4
版次：2022年1月第1版
印次：2022年1月第1次印刷
定价：36.00元

(如发现印装质量问题，影响阅读，请与出版社联系调换)
版权所有，侵权必究

周本立,大学毕业后长期从事经济工作;2003年进入安徽省人大,担任省人大常委会副主任;2008年退出领导岗位。利用闲暇时间,将所见所感录入诗中,已出版诗集《山水行吟》《丈量大地》《绿叶红椿》。《游目骋怀》为其第四部。

>>>"海屋添筹人不老,伏枥骥马志尚雄。"——两位老寿星与众星辰在一起

<<<"亦我亦卿花烛夜,半推半就画中人。"——夜游雁荡山

>>>明天的太阳——中科院合肥物质科学研究院托克玛克装置

<<< "残红有意染云斋,细雨无心浥乱尘。"——游太平湖

>>> "王维的大漠孤烟,满载江南的春汛。"——黄河·沙坡头

<<< 灰嘟嘟、毛茸茸、憨呆呆地卖萌的考拉,一直生活在桉树丛中,送走落霞,便与蟾桂相拥。——桉树与考拉

<<<文化，藏在檀皮里，长在燎草里；铺展在中华大地上，好画最新最美的图画；荷塘月色，疏影横斜，砚田础润，笔犁摧浪，写不尽，家国情思。——笔墨纸砚

>>>"冠盖去留如柳絮，一曲铡美传古今。"——包公祠

<<<昔日古战场，今天欢乐园。——三河古镇

>>>古井酒缄默不语，井水依然清澈透亮。——古井

序

唐先田

这是本立先生的第四部诗集。

读完诗集的原稿,我不由得沉默良久,深深地为本立先生对诗的挚爱执着和人格精神的坚韧坚毅所打动。我知道,这些年来本立先生一直为病痛所折磨。五年前,他患了带状疱疹,这本是常见病,经过治疗,很快就痊愈了。然而带状疱疹病愈后所留下的神经痛后遗症,却使他整日整夜地处于疼痛的苦难之中。他只得去全国各地求医求药,然而却收效甚微。新型冠状病毒肺炎疫情发生之前,我曾多次与本立先生一起就餐,目睹他常常正在吃饭时,突然放下筷子端坐在那儿一动也不动,过一会儿则又谈笑如常。于不经意间,我发现他的额头上有了一层细细的汗珠。问何故,他悄悄地对我说,疼的,实在受不了,就放下筷子。但又不能将痛苦的情状流露出来影响各位的情绪,只好装模作样地坐在那儿。又说,晚上睡在床上亦如此,痛得累了、疲劳了,迷迷糊糊打盹进入梦中,旋即又在疼痛中惊醒,如此往复循环,直至天亮,天亮也好不到哪儿去,日子就是在疼痛中煎熬着。在这部诗集原稿前,他附言说:"既不能集中精力读书,更不能作连续、完整的思考,只是时而在疼痛的间隙录下几句想好的句子,又断断续续将它们链接起来,一半是新体诗,一半是旧体诗,拼成一个集子,也算是对这几年光阴的交代吧。"

这真是一部典型的《病中吟》!

要说是《病中吟》,在所有的诗歌中,又没有一丝一毫悲苦情状,没有一句是诉说自己痛苦的,没有一句是叙述个人精神难熬的,所有的诗行,无论新诗或古体诗,都热情奔放,都充满着爱和期待。"这就是合肥　合肥已成为强磁场/在强磁场的周围　智能家电智能制造/正在取代'复制古董'和老旧机床/一座智慧城市放射着熠熠的华光"(《合肥,合肥》);"中控室里　轻轻一揿电钮/便把偌大的闪烁炉/装满红星与明月/并将赧郎的'吭唷'/收进鼓风机的音符"(《望铜都》)。这些诗句,不可想象乃出自一个长年被疼痛所折磨的患者之心之手。我想,这就是一个真正的诗人,心中的诗情都紧紧地和国家、人民联系在一起,而将个人的忧乐置之度外。这和那些无病呻吟、一味地囿于个人颓废情感而不能自拔的诗人的诗歌,是完全不一样的。本立先生已七十多岁了,退休已好几年,而且又在病中,但他时刻都在关注着祖国在改革开放的进程中所不断取得的喜人成就,关注着各条战线的新进步,关注着科技的新成果。那首令人激动的《名片》,将党的十八大以来的丰功伟绩比喻为"以繁星作底/彩虹镶边",从神舟飞天、"墨子号"北斗卫星升空、天眼望远镜、嫦娥工程、南水北调、三北工程、中国高铁、蛟龙号潜水篇等等,一一加以咏叹歌颂。读着这些高亢激越的诗句,使读者又一次感受到党的方针路线的伟大、祖国的伟大、人民的伟大,其间所充溢着的时代精神,和那些与时代不接轨,不愿意融入时代大潮中,一味沉湎于个人的哀伤情绪的诉说与梦呓般的咏叹,是完全不一样的。令人欣喜的是,本立先生的诗歌,保持了他的一贯风格,那就是明白晓畅,朗朗上口,易读易懂。在《望铜都》那首诗里,几次出现了"赧郎"字样,他担心读者对这两个字不太理解,特意在诗前引用了李白在一千多年前写的《秋浦歌十七首》中的第十四首"炉火照天地,红星乱紫烟。赧郎明月夜,歌曲动寒川"。李白所说的"赧郎"就是炼铜工人,"赧"是红的颜色,冶炼铜矿久了,炉火将脸膛也照得红了,故称"赧郎"。本立先生尊重读者,尽量将诗写得明白一些的做法,与当下一些诗人诗歌的晦涩难懂,也形成鲜明的对照。

我曾向诗界的朋友们请教过:为什么不少新诗读不懂?回答是:这不能怪诗人,而要归咎于一些读者缺乏接受诗的教育。这使我很纳闷,唐代的白居易就倡导诗歌"老妪可解",怎么到了一千多年后,反倒责怪起读者缺乏接受诗的教育呢?曾经时髦一时的先锋小说作家们的一些小说作品,也是谁也读不懂,只有先锋作家们在那里自我欣赏或互相吹捧。然而时隔不久,他们发现自己的小说要评论家为读者解读,觉得很忐忑很寂寞,赶快从西方的先锋小说陷阱里转变过来,写人物、写故事、写情节,终于由难懂而好读。我想,那些写作难懂诗歌的诗人,不要埋怨读者,而要融入时代,汲取先锋小说作家们的经验教训,使自己的诗歌晓畅明白起来。

在这本诗集里,有一部分是描绘国内外山水自然的,但不能简单地称为旅游诗,而是表达了本立先生对大自然的敬畏和爱护。本立先生长期做经济工作的经历,使他真正懂得了"绿水青山就是金山银山"的道理。在这些诗里,有两首特别引人注目,一首是《考拉与桉树》,一首是《熊猫》。前者是一首新诗,写澳大利亚的国宝考拉:"灰嘟嘟 毛茸茸/憨呆呆地卖萌",而且很专业地描写考拉善于排除桉树叶里的些微毒素:"一点儿毒素算得了什么/不就是催眠剂稍稍加浓/把二十小时的睡眠/再延长两个钟头 送走落霞/便与蟾桂相拥",将考拉写得憨态可掬,很形象很可爱。《熊猫》则是一首古体诗:"属近虎罴拒腥味,类如豸犬尚斯文;形单偏作奉客使,孤高羞作优伶人",不仅将大熊猫的科属特性写出来了,而且以拟人化的手法,赞颂了中国的国宝,以和平使者的身份,走进世界许多国家,受到普遍的喜爱和珍视,也将中国人民的情谊带到了世界各地。

祝贺《游目骋怀》的结集出版!祝愿本立先生早日解除疼痛,早日康复,写出更多更好的诗歌!

2020 年 8 月

目　录

序 ·· 唐先田（001）

一、壮美河山

名　片 ··· 003
合肥，合肥 ··· 009
望铜都 ··· 012
运漕，运漕 ··· 014
寻访包公故里 ··· 016
古　井 ··· 018
嘉峪关 ··· 020
周村大街 ··· 022
赵家堡 ··· 024
莫干山 ··· 026
宣　笔 ··· 029
胡开文墨坊 ··· 031
宣纸文化 ··· 034
　　——观宣纸文化园札记
歙　砚 ··· 036

二、谈往知来

拜奇石 …………………………………… 041
西　施 …………………………………… 043
读《儒林外史》 ………………………… 045
圆明园感怀 ……………………………… 046
刘公岛海军公所 ………………………… 049
谒曹植之墓 ……………………………… 052
车前草 …………………………………… 055
谒杜甫出生地 …………………………… 057

三、碧水蓝天

东莞可园 ………………………………… 063
春　雪 …………………………………… 065
马踏飞燕 ………………………………… 067
写在沉沉雾霾天 ………………………… 069
疗　伤 …………………………………… 075
　　——看破损矿山地质环境治理
三江源探秘 ……………………………… 077
沙坡头 …………………………………… 080
丫山地质公园 …………………………… 082
张掖丹霞公园 …………………………… 084
花果山忆孙大圣 ………………………… 086

四、域外拾零

澳新一瞥 ………………………………… 091

静	091
墨尔本雅拉河	092
考拉与桉树	093

五、万水千山

贺建党95周年和长征胜利80周年（七绝六首）	097
红　船	097
八一枪声	097
遵义会议会址	097
过岷山	098
延　安	098
西柏坡	098
望海潮	099
抗日战争胜利70周年	099
江西行	100
游龙虎山	100
题滕王阁	100
浔阳江二首	101
广西三首	102
南　宁	102
钦　州	102
防城港	103
川中三首	104
熊　猫	104
青城山	104
参武侯祠	105
绿城合肥二首	106
嘉兴二首	107

嘉　兴 ……………………………………… 107
南　湖 ……………………………………… 107
纳西古城三首 …………………………………… 108
德天瀑布 ………………………………………… 110
　　——德天瀑布跨中越两国国界
友谊关 …………………………………………… 111
济南九顶塔民俗园 ……………………………… 112
夜游雁荡山 ……………………………………… 113

六、吊古寻幽

谒淮阳太昊陵 …………………………………… 117
平舆奚仲公园有感 ……………………………… 118
游西北影视城 …………………………………… 119
谒成吉思汗陵 …………………………………… 120
游开封清明上河园 ……………………………… 121
观西夏王陵有感 ………………………………… 122
雨中谒柳侯祠 …………………………………… 123
皇城相府 ………………………………………… 124
瞻南阳武侯祠 …………………………………… 125
访太湖禅宗二祖寺不值 ………………………… 126
常熟望虞台 ……………………………………… 127
成山头 …………………………………………… 128
谒包公祠 ………………………………………… 129
过乌江霸王祠 …………………………………… 130
端午读屈原列传 ………………………………… 131

七、春风秋雨

青岛金沙滩 ……………………………………… 135

咏"丰大国际" ················ 136
　　——贺丰大集团30周年
观黄山飞龙瀑 ················ 137
石台三首 ···················· 138
　　秋　景 ················ 138
　　古徽道 ················ 138
　　牯牛降 ················ 139
游三河有感 ·················· 140
游杏花村有感 ················ 141
游太平湖 ···················· 142
天长秦栏工业园有感 ·········· 143
车过无为县 ·················· 144
万佛湖小木屋所见 ············ 145
当涂太白生态园有感 ·········· 146
老溲河踏青赠友 ·············· 147
等友人不遇 ·················· 148
秋浦风清 ···················· 149
沙漠柠条 ···················· 150
睡　莲 ······················ 151
山茶花 ······················ 152
赏　樱 ······················ 153
秋　兴 ······················ 154
病中吟 ······················ 155
迎　新 ······················ 156
　　——2014年新年
沁园春
　　——秋浦诗会杏坛设教记 ·········· 157
忆江南
　　——六月二十日,冒雨游泾县桃花潭 ·········· 158

忆江南
　　——淮上明珠蚌埠 ………………………… 159
桂枝香
　　——有感于环保督查 ………………………… 161

八、贺寿酬酢

贺二位老领导八十暨寿 ………………………… 165
贺省诗词学会卅周年（三首） ………………… 167
题贺《老年诗词选》付梓 ……………………… 169
和奇圣五律奉梁公二首 ………………………… 170
读栋材《近水斋诗词》有感 …………………… 171
读《梁东诗词选》 ……………………………… 172
与奇圣校正拙诗平仄 …………………………… 173
陪梁东先生考察太和试教 ……………………… 174

附录

时代的歌者 ………………………… 季　宇(175)
　　——读周本立诗集《丈量大地》
遨游在想象的天空 ………………… 许春樵(178)
　　——周本立诗歌艺术浅析
不老的人生行吟 …………………… 刘鹏艳(184)
　　——周本立新诗印象

后　记 ……………………………………… 187

一、壮美河山

名　　片

一

十八大的名片
镶嵌在十九大
松柏交织的门楣

金灿灿的名片啊
响过欢声雷动
亮过太阳的光焰

名片　凝结着汗水
却不止于汗水
闪动着亿万只慧心与慧眼

名片　刷新着历史
而从历史中滤出
厚厚的积淀

名片　铸就着辉煌

不是辉煌的终结
而是新辉煌的起点

二

印在蓝天的名片啊
以繁星作底
彩虹镶边

神舟与天宫
万里深空相拥相吻
窃窃私语　说不尽的缱绻

"墨子号"卫星当然解语
只是忙于密钥分发
对此　却缄默不言

倒是北斗卫星洞察寰宇
把知晓的一切　精准地
发布天地间

跨山越河的镜像
仰看大千世界　遥观亿万光年
那就是"天眼"

睁看"天眼"
惊见嫦娥弃月而去
撩开银河面纱　沉鱼落雁

三

铺开遮天的宣纸
以海水作墨
书写大地的名片

又添了几道长城
比古长城更长
更加威风八面

"南水北调"
请龙王翻山越岭
吐纳北国西天

"三北工程"
万里绿色锦绣
黄沙吹不动根根相连

八纵八横几万里
子弹射出"和谐号"
流动长城一手牵

白的长城绿的长城黑的长城
牵手古长城阅尽千年
壮美增色生机勃郁葱茏蜿蜒

四

沉浸海底的名片

盐渍发白
却蓝光烨烨

试看"蛟龙"
越海山　踏洋脊　潜海沟
"龙脑"搜罗珍宝无限

筑梦
岂但是微风细雨
更不惧重压千钧大洋流变

南海神狐神话频传
天然气水合物器宇不凡
一个新矿种将刷新全球能源

圆梦
手握狂飙脚踏巨浪
激热丹心将可燃冰焐暖

五

长空的名片大地的名片海洋的名片
组成祖国的筋骨祖国的血肉
祖国的颜值气象万千

听智者说
名片无论多么明亮
也不要署上太多的头衔

听友者说
名片应该天天打磨
不然　久了　就灵光不现

老者问后生：
何以使名片放大　叠加　增厚
一代更比一代　风光无限

　　注：十八大以来的重大工程：(1)神舟飞天。2016年10月17日，神舟11号飞船与天宫2号空间实验室成功对接，为空间站建造和运营积累了经验。(2)"墨子号"卫星。"墨子号"科学实验卫星于2016年8月16日成功发射升空，在世界上首次实现千公里级的量子纠缠，这意味着量子通信向实用迈出一大步。(3)北斗卫星。我国自2000年10月发射第一颗北斗卫星，至2020年发射30余颗，形成覆盖全球的大型航天系统，可在全球范围内全天候、全天时为各类用户提供高精度、高可靠性定位、导航、授时服务。(4)"天眼"。世界上最大的单口径(500米)射电望远镜，安放在黔南州平塘县境内。对探测宇宙中遥远的信号、物质进行更精密的观测，为认识宇宙起源与演化过程做出贡献。(5)嫦娥工程。2004年，中国正式开展月球探测工程。2007年10月和2009年10月，嫦娥一号、嫦娥二号分别发射成功。2003年12月嫦娥三号携月球车"玉兔号"在月球软着陆。嫦娥五号将实现探月工程"绕""落""回"。(6)"南水北调"。为了解决我国北方严重缺水的问题，中央决定从水源比较丰沛的长江流域调水到黄河以北。东、中线通水以来两年多，已调水448亿立方米，使8700万人受益，大大缓解了北方地区缺水的问题，支援了工农业生产和生态环境保护。

(7)"三北工程"。1979年,中央决定在我国西北、华北、东北风沙危害、水土流失严重地区建设大型防护林。其规模之大堪称"世界生态工程之最"。截至2015年累计完成造林保存面积2918.5万公顷,将"万里风沙线"变成"绿色万里长城"。(8)中国高铁。中国最早的高铁京津城际和武广高铁分别于2008年和2009年开通运营,2016年运营里程超过2.2万公里,占全球65%以上。在国内要建成"八纵""八横",还要建设泛亚、中亚、欧亚和中俄加美等跨境高铁,成为"一带一路"大动脉。(9)"蛟龙号"。2002年,中国将深海潜水器研制列为国家高技术发展计划。2012年7月,在马里亚纳海沟中国自主设计的"蛟龙号"潜水器下潜7062米,达到"世界之最"。深潜器的研制成功对于开发深海资源具有重要意义。(10)2017年6月2日,我国于南海神狐海域天然气水合物试采成功,为优化我国的能源结构、保障能源安全,推进绿色发展做出重要贡献。

合肥,合肥

一条沁绿的飘带　很长很长
从淙淙的小溪到呼啸的巨蟒
把高高低低楼宇的倒影尽收河底
当然　还有绿树掩映的村庄

我脚下的南淝河穿城而过
带着城市的喧嚣和荷风的清香
它是在追逐东淝河兄弟吗
然后幸福地合流、健康地长胖

在与南淝河垂直的方向上
有一座环形的大科学装置
一群智慧的大脑　绞尽脑汁
在做托克玛克的文章

几百万双眼睛几千万双眼睛
甚至几十亿双眼睛　紧紧盯着它
它每升一度、每延长一秒
都教我们情绪激昂心花怒放

大家等待着、以跳动的心情等待着
等待一个历史性的时光
一颗真正的"人造太阳"从地平线上升起
光焰可以把几十个黑夜照亮

人类可以不要挖煤、不要采油
不要担心空气中雾霾的飘荡
空气即使被污染了,也有足够的时间
净化、绿化,如同净水冲洗过一样

不用担心,哪一天太阳熄灭了
我们可以从后羿射日中
重新唤醒一颗又大又红的太阳
冰川不会再现　百花依旧怒放

此刻　也许"墨子号"卫星从空中划过
传来喜讯令人大喜过望
一种绝对保密的量子通信技术从此诞生
一个划时代的成果刷新人类想象

大千世界,语言万种,如何交流
科大讯飞已捷足先登、成果辉煌
请看,声谷装满巍峨的大厦
无数种语音架起自由互动的桥梁

这就是合肥　合肥已成为强磁场
在强磁场的周围　智能家电智能制造
正在取代"复制古董"和老旧机床
一座智慧城市放射着熠熠的华光

这就是合肥　合肥已成为求新求变的实验场
中国大科学中心的新机制炙热发烫
一大群博士硕士留学生纷纷试水
美丽的青春放射出璀璨的霞光

这就是合肥　在合肥的幸福乐园中五福俱降
幼有所教　从幼儿园到大学生一路向上
老有所乐　智能养老护体走心、神清气爽
充分就业　人人的才智焕发出绚烂夺目的光芒

合肥,淝水两岸走一步是一步风光
四月海棠　六月芙蓉　八月桂花飘香
待到冬季　瑞雪连接着旷野与天际
聪敏而勤奋的人们又在谱写新的乐章

望 铜 都

　　炉火照天地
　　红星乱紫烟
　　赧郎明月夜
　　歌曲动寒川

　　　　　　——李白

天井湖畔
李白眺望着凤凰山头
炉火烧红的月亮
把天井湖浇铸成铜镜
顺便浇一只酒爵
陪伴李太白的豪饮
怎么也喝不完

与李白对视的赧郎
已从学府归来
中控室里　轻轻一揿电钮
便把偌大的闪烁炉
装满红星与明月
并将赧郎的"吭唷"

收进鼓风机的音符

赧郎后裔的歌曲
拂开垂柳的扶疏
抖落桃林的鲜妍
与长江的涛声一起
飘入铜文化博物馆
长长的镜头
穿越千年烟云
摄下矿井的逼仄
矿渣的艰涩
以及　铜草花的紫鞭
只是当年的背篓和褴褛
浸透李白的赞歌
如今价值连城

铜都　一座巨大的电解槽
电解了粗铜酸雨和紫烟
黢黑　归于焚化炉
蔚蓝　回归天际线
一块块电解铜　金灿耀眼
层林　绿水　清风
吹醒了李白的醉意
万家灯火
晒暖了枯寂的寒川
只是　水泥的森林
影子过长过密
遮住了诗仙的望眼

运漕，运漕

运漕，运漕，
一船一船上好的大米，
一船一船民膏民脂，
把响石街压得山响，
运不完的，
运字上面的一横，
砌成了高高的马头墙，
墙上大写一个李字，
就变成了李家的仓房！

运漕，运漕，
牛屯河的女儿，裕溪河的儿郎。
清凌凌的河水，
是农民的汗水，
和长工的泪行。
年成好时，多收了三五斗，
却迎来收租的横眉、逼债的竖眼
和盘剥的奸商，
大斗进、小斗出，
没得商量。

失收的年份,
关门街里皆关门
只红火了当铺的兴旺。

运漕,运漕,
成就了36街、72巷,
成就了稻米四散、辐辏成网,
成就了南来木排、北去丝纺。
今天的人们在精心复制历史,
打造昔日的辉煌:
建筑三雕玲珑剔透,
茶点、早点满口流香,
凤凰桥上风景可爱,
含弓戏曲绵甜悠扬。
但是,我要说,
在让孩子们品尝蟹黄豆腐汤的时候,
不要忘记,民国三十一年,
堤决圩破,大水汪洋,
旧军阀横征暴敛;
老百姓抢天呼地,乞讨、流浪,
请把当年的水痕
永远刻在孩子们心坎上!

注:建筑三雕:指石雕、木雕、砖雕。

寻访包公故里

小包村　探寻包拯的生屋
都说　早已不见踪影
其实
一百间农舍就有一百种可能
灯笼红椒晒出辣味
熟透的棉桃绽放清纯
起地的花生赤心不泯
萤窗下回荡子曰诗云
墙角的金菊和银桂
依旧馨香袭人

屋后的花园井
井台不知换过几茬
井壁的绿苔标注年轮
只是水清依旧
高山雪魄
中天月魂
年复一年地过滤
不染纤尘
要澄心明目

请舀一瓢饮

村南边　半亩方塘
荷叶收伞　青实亭亭
秋风催野草　绿残紫断
金茎却独立不倾
劲节出于淤泥
息息相通　心心相印
已是收获季节
不忍动土　只道是
此地莲藕无丝(私)
待来年　小荷占尽阳春

步入包公祠堂　空荡荡
塑像一尊
满脸倦容
似陈州放粮归来
未及洗尘
岘山下　包氏墓地
荒冢
高不过寻
只是"犯赃滥者"
统统逐出坟茔

古　井

脱去青玉戒指
只剩下黑洞洞的窟窿
黢黑的井泥　像
历史一样深厚沉重

1800 年前　曹操
将九酿酒法呈献于汉献帝
其背书是
换取大汉宝鼎
和诸侯们的首级

井口的那棵老槐树
越来越筛下颤巍巍的树荫
我敢肯定
那绝不是醉意蒙眬

有一个时期
高粱小麦都随年成枯萎了
只有古井坚挺如初
圆睁清澈的眼眸

继续把自己蒸馏

仅有的一点酒粮
蒸馏出玉皇的琼浆
酒糟和稻糠派去救命了
嗜酒如命的"仪狄"
强咽下唾液
把酒盏端给垂危的乡亲

后来的故事大家都知道了：
浑圆的双臂酿成醇厚
尖利的鼻触嗅出绵甜
提味的舌尖舔出香浓
古井被背在肩甲上
跨过黄河　迈过长江
巡礼法兰西
以及纽约时代广场
寻找波尔多兄弟
牵手霞多丽新娘
调成桃花春曲的交响

如今　曹操被封为"酒神"
矗立在广阔的正德广场
古井缄默不语
井水依然清澈、透亮
旱年和涝年
深浅都一个样

嘉 峪 关

汉武帝抓起万里长城第一墩
在嘉峪山下盖出第一枚关防
张骞手捏这沉甸甸的印信
朔风凛冽大漠狼烟四顾茫茫

长城　逶迤东去划破天宇莽莽苍苍
立了又毁　毁了又立　阅尽怒雪严霜
石关硖口　霍去病手捋髯须横刀立马
笑看云吞烽燧旌旗猎猎漫卷巍巍行帐

乱石戈壁刀兵边关驼铃声咽
光华百尺柔远千仞几多空怀瞩望
锁钥紧闭关河外春风不度
茶马古道载不动商旅沧桑

曾几何时　左公柳风发得意
塞内绿丝塞外锦绣谷风拂界无疆
往东：绵绵长城古起点
往西：不尽丝路新界桩

双手推开嘉峪关的红漆闸门
祁连山的雪水晶莹润泽汩汩流淌
椰枣和菠菜愈加新鲜欲滴
"中国果""中国王子"格外桃李芬芳

古罗马皇帝查士丁尼如果活到今天
一定还在赞许来自东土的蚕桑
如今南来的机器人　携带一个时代
北去的钢轨道　架设几代人的理想

崎岖小路　杂沓着疲惫的足迹
通衢大道　奔走着多民族的畅想
集中地球村人所有的智慧
打造同一只月亮同一尊太阳

该歇歇了　忍辱负重的骆驼
留下你风餐露宿踏冰卧雪的形象
投梭般的"和谐号"高速列车
正在编织丝路花雨的崭新篇章

清脆嘹亮的汽笛已经拉响
磁性的司南也已调正方向
巍峨雄关袒露火热的胸襟
悬臂长城张开深情的臂膀

周村大街

白虎的瓦当
青龙的兽吻
桃木的门闩
拴住历史的风尘

一棵千年榆木
筛下铺天的树影
一半遮住宋元
一半盖住明清

以沂河为纬
淄河为经
织出的瑞蚨祥
羞煞西天灿云

绵绵长丝
绻绻绮罗
又出发了
丝绸之路的驼铃

大染坊里
硕大的摔打石
摔打成的创业史
绯红　亮黑　靛青

染缸　依旧热气腾腾
抓一把齐鲁染料
染成的气质
坚如镔铁　诺值千金

不看满街的招牌
不循纵横的辙印
一阵阵诱人的香味
引进"周村烧饼"

暖融融的烤炉
烤出金黄的月亮
咬一口　留下半轮圆月
落下满天星星

银子街的算盘珠
拨动全世界的金银
银票和孔方兄
交换着良心

如今　柜台上一台电脑
融通天下钱币
照壁上光彩熠熠
两个镏金大字：诚、信

赵 家 堡

赵氏先人筑堡的时候
筑了一道方圆数里的城墙
要把高贵的血统箍在堡里
重铸一个失落皇族的兴旺

四百年后我来这里寻访
"咫尺玄门"遇到一位老丈
正正宗宗的赵氏后裔
脱落的门牙如关不住的门房

"年轻人差不多都远走高飞了
外面的世界缤纷琳琅!"
尽管　西门高悬"硕高居胜"
而东门镌刻着"东方巨障"

我在"完璧楼"内察看良久
这里储藏太多的奢望
一朝朝一代代风袭浪卷
斑驳的窗棂漏下夕阳的昏黄

城头的青萝藤蜷曲蛇行
也拴不住天翻地覆的时光
汴派桥修得和皇城一样
也永远走不到大宋的汴梁

只是千年的桂圆树
依然是虬枝繁茂子孙满堂
城墙外的香蕉林挂出一串串新月
围成了郁郁葱葱的青纱帐

当年的大夫第好不热闹
变成了土地流转的大讲堂
厅堂前呆立着几颗旗杆石
看守着大妈们街舞的广场

  注：赵家堡在福建漳堡浦县南，为赵宋王室后裔聚族而居的群落。

莫　干　山

干将莫邪铸剑的地方
燧石　斫去半壁山岩
另一半　剑池
划出干将抡锤的弧线
呼啦啦
一飚寒光射过　雪压荒原
莫邪抓一把星斗
抛向蓝空
流成飞瀑的高唱
翻滚的云烟

这地方已走进历史
带着干将的头颅
和万千干将似的灵冤
夫差的战袍已撕成褴褛
一片　拈着勾践的荐席
另一片　楚王趁着回头拾履
顺手挂到战车的车辕
战火焚过　刀刃上印着
血淋淋的编年史

刀尖上　挑着侯王的桂冠
月落乌啼时分
黑黝黝　倾覆了姑苏的客船

山间　蒋氏的华栋
凄风苦雨中　孤幢独宇
打开轩窗　推不开浓云弥天
雾霾重重　找不着北
山蒙蒙　石崚崚　路弯弯
问莫邪剑在何方
但只见
漫山的苦竹箭竹箬竹
借风势　翻江倒海般声喧
簌簌梧桐叶
遍地落满金圆券
千万条山藤
勒紧黎明前的暗淡

1954年春　毛泽东主席上山
要抖落斧削第一部《宪法》的碎片
炉火燃起　光焰直冲牛斗
彤霞穿雾　穹林竹海尽染
不再铸那锋寒的冷兵器了
铸一部暖意盎然的尚方宝剑
主席环顾一下他下榻的房舍
圆的窗　圆的壁　圆的拱门
岂不是又回到了延安？
好啊！"人民至上"　化剑为犁
延安精神就是她的定星盘！

流云吹去　万里碧空如洗
夹道万竿竹　树梢百重泉
回首峰峦苍茫
望山下　一路玉兰花繁

宣　笔

黄鼠狼的尾巴捐了
野性跳跃在纸上
山兔的脊毛献了
刚健凝结在笔端

一丝丝　一缕缕
山泉水浸过
牛角梳梳过
束成绵绵情思
饱蘸山间明月
点染文墨江南

扎紧了
是含苞的玉兰
开在井圃
开在砚田
开在桃李芬芳间
挥洒成
史乘万册
汉赋三千

引来诗仙李白
一手持壶
一手搦管
斗酒草成诗百篇

更像是
丈夫的剑眉
巾帼的杏眼
看大千世界
激恶扬善
岳飞的《满江红》
酣墨淋漓
慷慨处
飞瀑涌泉
杜甫的茅屋秋风
阴郁如墨
筛下点点血泪
洇湿檀宣

更有牧歌如云
战歌动天
且莫道
梦笔生花莲

<u>一丝丝</u>　一缕缕
结成锋锐
濡干三缸烟墨
磨穿八方龙砚

胡开文墨坊

推开三间茅舍
我才知道
文明的火炬
起源于
倒扣的瓷盅里
半盏桐油
两根灯草
燃成
一缕青烟

青烟
是如此清纯
如此飘逸
飘出
王羲之的遒劲
吴道子的神韵
淡淡的　是远水
浓浓的　是山峦

青烟

穿过汉唐
穿过宋元
悠悠扬扬地
把历史镌刻成
不可更改的
笔墨长卷
黑的和白的
泾渭分明

烟灰
其实是
制墨人
熬干的岁月
熏黑的骨髓
和对孔夫子的
道义虔诚

他们
并不认识
仓颉
只是
将仓颉的图像
制成徽章
在学子的额头
烙上
深深的钤印

我猜想
中国人的眼球

黑得透亮
莫非出自
浓浓烟墨
久久的浸润
即使遭遇
大西洋的咸雾
或者　弥天的风沙
也不变性

如今
青烟缭绕
汇入了
邈邈高天
云数据的
无影无形
也许
灯芯可以熄灭
墨模也可以休闲

且慢　打开
亿万次计算机
依然可以嗅出
掺入墨泥的
汗渍的咸味
冰片的辛凉
和麝香的清芬

宣纸文化
——观宣纸文化园札记

文化　藏在檀皮里
倾听心灵的对话
文化　长在燎草里
铭记土地的牵挂

绝不是
赏一朵玫瑰
也不是
饮一杯新茶

当然要经历
蒸煮的疼痛
当然要忍受
骨肉分家

为了纸张的纯洁
在灰浆中煎熬
为了经纬的坚定
在碱液中飘洒

啜饮清霜白露
拥抱落晖朝雾
敞开宽广的胸襟
坚守袒露的山崖

雨　揩拭汗水
云　纷披彩霞
雷　呈一曲浩歌
风　献上哈达

钢铁在百炼中铸成
纸浆在千锤中熟化
一缕纤纤之躯
承受千钧压榨

捶成齑　榨成末
有经有纬不变化
千淘万漉皆辛苦
不留纤尘不容沙

亮晶晶的琼浆
滑润润的玉液
直射斗牛的
是琥珀的光华

请抄起纸帘
打捞出白生生的文化
铺展在中华大地上
好画最新最美的图画

歙　　砚

新安江畔
粉墙黛瓦古祠
马头墙高
挡住斜阳迟迟

赊得荒山荒水
方寸间
打造玲珑城池
不是和氏之璧
却原来　龙尾怀玉

荷塘月色
疏影横斜
细雨穿星云
眇听蛙鸣声细

潺潺山泉流去
水落石出
朱熹乘舟归来
重整紫阳书肆

砚田础润
笔犁催浪
正是耕耘时节
用子曰诗云
播种公平信义

运肘研墨
人生千旋万转
浓墨饱蘸
写不尽
家国情思

砚池深几许
聚经史子集
玉德金声
酿造成
醇风习习

山河皆砚池
湖海展墨
千峰举毫
汇万古精灵
只需一字

眉含谨凛
星曜八极
书成报国志士
"绝对忠诚"的
英风浩气

二、谈往知来

拜 奇 石

睁开第三只眼　我就看懂了
为什么那位绝代书圣
袍笏博带　如痴如醉
跪拜在你的脚前

你的风霜刻蚀的七窍
深藏着春秋大义
漏透　是历史的窗口
皱瘦　是先祖的容颜
虔诚地
拜天拜地拜轩辕

一副嶙峋的骨杖
腰已佝偻　膝比石坚
即使饿断了饥肠
只要脊骨还在
就不负苍天

心与心的对话
引慈竹絮语

曲笛声咽
听不真　但尽管相信
没有一句谎言

脚下　艾蒿染瓒
举目　汩汩流泉
好心情注满墨池
无须投瀚止蛙
已是水滴石穿

膜拜焱公贵胄
本可以换一副脸面
米芾太过于有洁癖了
眼里揉不进沙子
一辈子　与肮脏绝缘

那位奇倔的老翁
痴痴地守候着
一候就是千年
其实　你我一样称兄道弟
姓名
都叫作"米颠"

西　　施

西施无疑是美丽绝伦的
伫立在红的黄的彩虹色的睡莲中央
清晨的霞光揉开了她惺忪的眉眼
尽管是用纯白的毫无杂色的石头雕成
仍然不失"回眸一笑百媚生"的魅力
以及豆蔻年华三五成群击水嬉戏的童真

可是，战争的风云席卷一切
包括所有人的性灵和他们的命运
有的锻成方天画戟去划定生死成败的界限
有的揉捏成横亘土地上的狰狞笑脸
西施郑旦等牝城之秀和村野佳丽
被包装成奇珍异宝，屈身进献于凶顽敌酋
春花秋月都失去蓬勃姣好的颜色
客乡故国全是四望焦土狼藉一片

大河两岸都卷进了吴越战乱
西施郑旦一个个蓬头垢面，不再倾国倾城
纤纤如柔荑的手指操劳成拨火棍
白润如凝脂的肌肤打磨成搓衣板

美丽如蜻蜓的颈项暴晒成一段枯树桩
笑盈盈的酒窝霎时间盛满苦酒愁思漫漫
我村头的亮晃晃的浣河水啊,不该弃我而去
快洗去我浑身的污浊和脏分兮的衣衫

据说,最终是范蠡拯救了美女西施
我不信。范蠡何曾变得如此大胆!
真要救西施,为什么不在故事发生之前
就携西施避祸钱塘荡舟五湖云游三山?
政治家比舞蹈家更长袖善舞
怎么能说想爱谁就爱谁?说不干就不干?
难道你忘记了勾践说一套做一套的思维逻辑
以及他阴一套阳一套的为人式法

我猜想,是西施乘乱逃脱　高一脚低一脚
冥冥之中又回到生于斯养于斯的故土
苎萝村去年下水的苎麻已经沤熟
西施正赶上和大伙儿一起驾轻就熟地剥皮
然后,用白练似的麻丝精心地编织
编织成春风春水"莺鸣一两啭,花树数重开"
编织成"湖山胜处放翁家,槐柳荫中野径斜"
乘皓月高挂稻粱秋熟,编织成寒蝉去远丹桂飘香
隆冬时节,编织成雪晴日暖,梅红菊黄春意还

读《儒林外史》

一个腐儒的中举
打痛了屠户的巴掌
读书人窗前的布帆
悄悄改变了风向

血著的《儒林外史》
笺注《历科墨卷持运》
倒过来咀嚼
读出光芒万丈

圆明园感怀

这些石头是重新长出来的
在草莽间　在垂柳旁
倒下的　拒绝瓦碎
站立的　凌风向上
筋骨折断了　艰难地匍匐爬行
爬向硝烟未散的战场
埋在地里的　抖落齐腰的尘土
跃身扑向罪恶的火光
一场豪雨　肌肤玉一样洁白
岁月蒸煮　骨头铁一样硬朗

时光倒流一百五十五年
石头严重风化了　浑身筛糠
清明时节江南的淫雨
注满了昆明湖无奈的感伤
鳞次栉比的琼楼玉宇
吸足了鸦片　泛出形销骨立的寒光
罗马式立柱撑起巴洛克拱顶
微风轻轻吹过　便摇摇晃晃
偌大的皇家园林

盛不下帝国的苍凉

汉唐的布帆　抽打纤夫的脊背
瓦特的蒸汽机　已驱动巨舶远航
康熙的天文望远镜　望断西山
却望不见太阳的旋动银河的流淌
雍正的一千万字朱批
没有一字跳过大清的界桩
乾隆的四万二千首诗篇
字字句句　吟哦着落日的辉煌
三百六十天的"天天花草"
天天霜欺雪压　茎和叶日见枯黄

卡特赖特的织布机　织出新世界的图景
而单锭手摇纺车　依旧把漫漫长夜扯得很长
一把大锁　锁牢大清王朝厚重的铁门
依旧轻荡兰舟花港观鱼接秀山房
殊不知　万丈艨艟满舱罂粟呼啸而来
紧随其后　是远程大炮和来复枪连发枪
殊不知　他们的文明就是举着火把肆意抢掠
拄着文明棍拉着大提琴　明火执仗
断壁前的万花阵回环九曲
不承想　最先落入迷魂阵的
恰恰是"千古帝王"

圆明园的每一块石头
火烧过水淹过枪蹚过
至今　咬牙切齿义愤填膺延颈翘望
不是翘望　曲院风荷旧貌的复制

不是翘望　大水法开处声震遐迩的绝响
翘望啊　乘着风平浪静再捞一船沙子
填实南海礁岛的港口和机场
翘望啊　激光制导的洲际导弹
装进不死的杨靖宇发热的枪膛
待到2022
用冰雪雕成"九州清晏"
拥抱地球村居民纷至沓来的造访

刘公岛海军公所

东西辕门的旗杆上
盘踞两坨铅铸的乌云
压弯了海军公所的屋檐
弯成痛心疾首的海殇

提督衙门是如此空旷
管带和他的士兵哪儿去了
留下被脚板磨破的地砖
如同门外汹涌的海浪

我相信　他们都浴血于甲午海战的战场
冒着敌人的炮火　挺起高傲的胸膛
腿炸断了　有手
手炸残了　有牙
炮炸毁了　就开足马力
拼死赶着敌舰冲撞

几枚哑弹蹲在墙角
一串问号　随时都可以炸响
我的引信哪里去了？

我的热血哪里去了？
是谁　为了换取发霉的铜钱
出卖了我滚烫的心脏？

劣煤的浓烟弥漫海面
涂黑历史的天空失却苍茫
拖累的　不唯是战舰的航速
是一个国家踉跄的步履
殊不知　躲在优质煤堆后面的
是几只心安理得分赃的硕鼠

提督公廨里　孤灯熄灭英魂不在
一袭朝服包裹着无限惆怅：
北洋舰队的几分胜算
胜得过昆明湖的兰舟荡漾？
最后　借助一杯禁烟的毒酒
冥冥中苦苦拷问细细端详

跨出海军公所的大门
我不禁怔怔回望：
纸糊的失血的门神
是如此呆滞　如此苍白
手中的大刀早已卷刃
徒有一副凶神恶煞的模样

远处　海平面上
两尊巨大的礁石
一尊是邓世昌的头颅
一尊是他爱犬的脊梁

永远不会沉没　不会！
咸涩的海风卷着海潮
抚摸着　拥抱着　亲吻着
打磨得岩石闪闪发光

谒曹植之墓

公元 232 年迄今
千万双绮履　沾濡冷雨
千万双麻鞋　踏碎月痕
绮履麻鞋打磨着膜拜的香径

车前草的滴滴珠泪
氤氲着五色朝露
蒲公英的散漫花序
翻飞着思绪的晚云

丛丛蒿莱间
深埋低眉紧锁
蓬松如茅草的乱发
谛听着黎庶凡音

其实　曹氏家族的光环
如轻风从树杪掠过
面对"八斗"的诗才
赶造盛不下的仓廪

七步诗只用了五步
真是才情独具　沦肌浃髓
剩下那两步　急匆匆
直入百姓心田

绮梦流脂　慷慨薄云
挥长袖提短裾　蹈锋履刃
岂料　倘若真立下金石之功
当心碰碎太极殿的花瓶

西园的菡萏艳若飞霞
遮蔽了诗酒风流的任性
湮没了"戮力上国"的雄心
留下了"留惠下民"的水井

忘不掉铜雀台的高耸
看不透洛阳城的血洇
苦闷中　一曲流光溢彩的《洛神赋》
把纯洁美艳久久地久久地留在人间

不堪回首　一路迁封的凄风苦雨
锻打出"心甘田野性至稼穑"的信念
再解下王侯穿着的赤绶
我敢说　这里就是你的家园

值得庆幸　魏丞相当年立嗣的错位
史书上少了几多诡异几多剑影
留下韶光　注入诗赋文章的绝伦
光风霁月　洒满荒村露田

踏着秋日的暖阳
我手拂黑色大理石的墓碑
寻觅着"八斗""子建"的字样
却一无所获　头昏目眩

转而溜达在长长的街巷里
"八斗""子建"如繁星映入眼帘
和青石板上深深的辙印一起
嵌入校名和新老字号的牌匾

车 前 草

阳春三月
满树的石榴花
遮蔽了绣窗下的菜色
新叶还未长出
车前草枯寂的老穗
戳在大乔、二乔的额角

孙策的大军
赶鸭子似的驱赶了山贼
除了山陬的秃石
和皖河中狼藉的漂浮
便一无所有
车前草　在铁蹄下被连根拔起

乔家二囡成了唯一的战利品
被分配给孙策和周瑜
都认为这样分配十分公平
并庆贺乔老爷一双贵婿临门
殊不知　胭脂井里汩汩流入的
是香艳的脂粉　还是泪眼的冰冷

差不多同时　在黄河边的邺城
袁绍的儿媳甄氏　也做了战利品
不做战利品　又能做什么呢？
倚门卖笑的烟花女子？
还是从一而终的殉情冤魂？
其实　什么也做不成！

君不见　漳水岸边正大兴土木
一座巍峨的铜雀台拔地而起
这是曹丞相娱情的歌舞楼台
也是"铜雀春深锁二乔"的所在
尽管台高十丈　"舒翼若飞"
但是　笼中鸟雀能飞出半步吗？

透过阁道　两眼死死盯着野地
车前草青了又黄　黄了又青
还能尝一尝草叶的鲜嫩与清新吗？
还能嚼一嚼草根的苦涩与甘辛吗？
愿我的车前草吸吮阳光自由地生长
在漫坡　在塘畔　在田间

谒杜甫出生地

出生时就扛着笔架山
注定了你毕生作诗不倦
山下砖窑里的第一声啼哭
划破云翳　惊醒蓝天

啼声随门前的梨枣一起成熟
伴十里春风染透绿映红的江南
登莽莽苍苍岱宗的绝顶
荡胸骋怀尽收大好河山
群山万壑　踏遍叠壁霜剑
高江危峡　心追惊涛拍岸
星垂平野　月涌大江
立船头　一腔雷烈雨翻

历史属于一双破旧的麻鞋
皱缩得像脱水的鱼片
鞋面　缠满山陬水畔的蔓草
鞋底　永远地流亡永远地洞穿
回首茫茫　四海羯胡的膻腥
挥泪投笔　何惧挺身艰难

天下壮士同声力挽天河
还我乾坤还我春景还我天清河晏
五更角鼓声声悲壮
铁马冰河怒斩楼兰
社稷一戎衣
风尘三尺剑

一辈子都不是高官
稗官也做得十分短暂
囊空恐羞涩
留得一钱看
夫人百结衣不完
孩子嗷嗷要吃饭
茅屋为秋风所破时
想到天下寒士多苦难
处处闻卖儿又鬻女
时时听呻吟复浩叹
几多不平　几多凶残　几多不忍看
凝成撕心裂肺的呐喊：
"三吏""三别"
惊天动地　绝响越千年

诗人什么也没有了
只剩下一副病躯
一把瘦骨　一只破船
心血　对长安剖尽了
诗章　对天地吟尽了
南飞的大雁还能飞回
湘江上　我们天才的诗人

却一去不复返

他那支如椽的笔呢？
又回到了笔架山

三、碧水蓝天

东莞可园

翠绿丛中的一束玫瑰
沙漠深处的一泓清泉

左边　一方硕大的棋盘
没有边星　没有天元
黑的和白的棋子
冒着白的和黑的袅烟
轧机轧出的日子
很窄　很长
灶台直通车间
飞旋的车床
切削着韶光的碎片

推开"三件头"的大门
落入竹荷双清的庭院
穿过曲曲折折的花径
把青春叠成五彩的画卷
一卷　生于幽谷的兰草
馨香纯正而悠远
一卷　倚于墙角的红梅

娇妍胜于杜鹃
浑身蟾衣的荔枝
甜蜜　绝不亚于龙眼
邀山阁高　登临远眺
心潮逐浪　帆影片片

右边　一只硕大的蜂巢
蜂房　堆积成河滩的鹅卵
一辆"顺风快递"的皮卡
叫嚣成线上线下的疯癫
进出门槛的脚步
计量着时代的风烟
不离手的计算器
时而窃喜
时而失算
时而心惊
时而心烦

推开"三件头"的大门
绿绮琴音引向谁边
走过屏风　不要郁闷
透过芭蕉漏窗
蓦然间　繁花如烟
清风细雨　纷红骇绿
载不动雏月楼船
裁一段环碧廊景
不着一字　都可卖得好价钱
无须问
壶中天大　可湖水浅

春　雪

尽管
落到地上便化了
依旧
纷纷扬扬地下
带着余温
带着洁白
带着爱恋
梅　微微颔首
梦　轻轻拍打

尽管
没有雨的淅沥
依旧
静默无声地下
抚摩鸥吻
偎依蒿丛
缀满树杈
装点草垛　坝顶
满头银丝华发

喁喁地
与池水对话：
我是你的前身
你是我的归宿
拥抱
消融
厮守
痴痴地　守护
泛青的庄稼

相约
剪剪紫燕　秀出
鸿爪留印
玉笋破石
一轮朗月高挂
凝寒处
柳枝并不袅娜
趁雪霁
吐出点点新芽

马踏飞燕

黄土堆积得太久太久了
打开尘封　找回
丢失了几千年的阳光
赶上高速列车的时代
三蹄腾空　俯瞰
地中海的风浪

北纬38度
并不只属于波尔多
火一样的热情
盛满武威的酒庄
倔强的葡萄藤
鞭打着枯涩的荒漠
把干涸的日子
酿成醇厚的酒香

遗落在茫茫戈壁的
是失望　还是希望
裁下细碎的蓝天
编织成大鹏的翅膀

捕捉每一缕光伏
孵化成永恒的歌唱
嘈嘈切切的紫燕
呼风唤雨
驾着彩云　飞翔

不要说"春风不度"
一场潇潇润雨
绿了旱柳　红了海棠
瘦了沙碛　肥了牛羊
骏马奋蹄
岂但是"武功军威"
布谷啭鸣
催生了羌笛悠扬
祁连山的雪水
清纯　温沁
融化了千年愁肠

写在沉沉雾霾天

一

此刻
我们呼吸困难
一颗微不足道的浮尘
把我的气管压弯

压弯的
还有楼群　塔影
憧憬和梦幻
阳光被吞噬了
一起被吞噬的
有迷失的明眸和肺叶
愤怒的心脏和血管
满世界的口罩
挡不住满世界的灰暗

狗　不再狂吠
鸟　不再欢鸣

野兔　也无心走远

我抓住自己的头发
想拼命逃离
逃离这混沌初开
抑或　世界的末年

二

我曾经梦想
楼上楼下　电灯电话
外加宽带的光缆
但是　一切都被淹没了
淹没于浊尘的蛮荒
电灯的流明
羞涩得灰头土脸

我百般营造
依依垂柳
轻拂泱泱春水
淡淡风烟
彩蝶的翅膀
翕动着茵茵草甸
冷不防　雾霾袭来
草色设灵帐
柳絮溅浊泪
溪水啜呜咽

雾霾　在我和幸福之间

围起厚厚的栅栏
刚刚建起的美丽
被无情地击穿

三

曾经　我以为
可以用坚硬的钢铁
铸成坚硬的城堡
攻不进　炸不烂
不承想　小高炉的扬尘
围攻了坚固的城垣

我也设想过
开着我的老爷车
在全世界寻觅
寻觅纤尘不染的乐园
而我的车速再快　也跑不赢
无所不在的二氧化碳

问题竟是这样简单：
战胜自己
就战胜了尘埃
守住红线
就守住了蓝天
最纯净的心灵
是最锐利的炮弹

四

命令已经颁发：
保卫蓝天
保卫碧水　保卫悠悠青山
天地间　霍然推出
绿水青山就是金山银山

十四亿双大手
要剪断　黑色的尾翼
截断　浓浓的黑液
堵住　混浊的沙尘
让明媚的阳光
挽臂晴朗透明沁绿
赢在蓝天碧水间

不能再放纵了
坚守铁的纪律
落伍的
——换芯革面
抛冒的
——开除球籍
超标的
——逐出地平线

五

春风
春雨
融融春水　杨柳堆烟
让我们游目骋怀
拥抱蓝莹莹的天

不仅仅是"奥运蓝"
不仅仅是"G20 蓝"
蓝像长城一样无尽
像长江一样连绵

塞罕坝
大漠荒原　一双手
打扮成
河之源头
云之故乡
林之海洋
溢金流丹

茫茫戈壁
兀兀沙滩
电池组的排阵
如天裁一隅
海捐一湾
谷风逐微尘
细阳铺芳甸

简约生活
清洁生产
我心中的歌
如白云翻卷

为了抑尘
为了增绿
我们必须禁燃
鞭炮的无声
化作春山可望
花团锦簇
呢喃般香艳

疗 伤
——看破损矿山地质环境治理

如此巨无霸的手术刀
断喝　怒吼　咆哮
把眦裂的虎口
啃噬的狼牙
敲碎　拔掉
搅拌成大地的筋骨
推进欲壑难填的深坳
又见　血肉丰满
经络疏解
风姿绰约
与青山的脉搏
共同着心跳

如此细腻的手术刀
植牙般精巧
耘地　培根　催芽
铺就温柔的褪褓
莫辜负当春的好雨
喷播绿色的心情
催生绿茸茸的锦袍

红花吐蕊
紫花轻摇
急不可待的蒲公英
扬起雪片似的花絮
飞上云霄

一群失落的孩子
梳洗一新
回到大山母亲的怀抱
一只痊愈的梅花鹿
踏着欢快的健蹄
在地平线上奔跑

告别了　梯恩梯的淫威
告别了　铜臭味的喧嚣
需要一台纳米级的机器人
清除血管里的"财迷心窍"
再把绿色的思维
植入脑皮层的细胞
请查一查医学典籍
这是最好的疗效

三江源探秘

雪山是三江的母亲
亿万年冰封
亿万年絮挂
一抹阳光拂过
披彩流霞
乳汁淅淅沥沥
百缕破峰
千滴垂崖
寒冷留给自己
温暖顺流而下

湿地是三江的父亲
敞开博大胸襟
收尽淙淙万汇
绿染草泽无涯
天光照怀
云影伴舞
一路壮心陪伴
从绿茸蒿冒尖
到凤毛菊开花

麻花艽与珠芽蓼
编织成不尽的牵挂

无数涓流小溪
是三江的兄弟姐妹
忙不迭赶路
急匆匆聚首
拥抱成绻绻碧纱
乘月色朗照
滚滚东去　摧石拍岸
唱出惊雷叱咤
三江一脉　难舍难分
论血缘　本是一家

黑颈鹤的羽毛染过
胡杨林的根须吻过
铺就通天河的清纯
写成经书三卷
白璧无瑕

可惜三藏取经归来
经书不慎落水
痛彻心扉
到于今　晒经石上
字迹纷乱如麻

无怪乎
人世间　错读错解
一任泾渭混流

泥沙俱下
酸碱的黑液
绘成图画
中间是烧穿的胃壁
周边是翻肚的鱼虾
没有对生命的敬畏
还有什么可怕

探秘三江源头
不在唐古拉山
不在可可西里
不在巴颜喀拉
追寻涓涓细脉
须修复皇皇经卷
潜入心底
透入骨髓
念成达摩面壁
唐僧坐化

沙　坡　头

沙坡头的黄河
扛着腾格里沙漠
吭哧前行
千年万年
踩下一队队骆驼
深深的脚印

王维的大漠孤烟
横亘成钢铁干线
以昂扬的呼啸
驱赶荒芜
满载江南的春讯

脚踏汲汲草
感受绿的坚挺
折一段柠条
抚摸跳动的青筋

汗　凝了沙子
血　固了草根

菖蒲　坚守河岸
垂柳　轻拂着沙尘

一条凌空银线
演绎越海飞雁
十四头的羊皮筏
熨平百丈黄绫

金沙鸣钟
敲醒细碎的沉梦
沙漠冲浪
惊散怯生生的闲云

沙底　深埋了
巡边的单车
坡头　久久伫望着
千年的使臣

是在远眺
桃红更兼梨白
还是在品赏
长河落日的雄浑

注：沙坡头在宁夏中卫市，腾格里沙漠东南缘，濒临黄河。唐代大诗人王维出使巡边时路过此地，留下著名的诗篇《使至塞上》："单车欲问边，属国过居延。征蓬出汉塞，归雁入胡天。大漠孤烟直，长河落日圆。萧关逢候骑，都护在燕然。"现坡头立有王维雕像。

丫山地质公园

三亿年前的狂飙海啸
丫山折叠成万卷册页
以纵横交错的青藤紫蔓
装订成天高地厚的皇皇史乘

今天　我在书脊上攀爬
在字里行间考证

海水早已退去
留下海的汹涌与深沉
春山奔骤而来
鹄立秋树的劲挺
海马　海狮　海龟
呼喊了三亿年
遨游了三亿年
寻觅了三亿年
耗尽最后的血滴和筋腱
剩下嶙峋的坚骨
依然满山奔跑
以清凉的鼻息

抒写雪白的梦境

当初的两块巨石
搓擦成光滑的天书
留下万古不解的考问
李白蒙眬着醉眼
把它读成留别的诗句
金乔觉手持锡杖
认定是十轮法经
其实　谜底沉入幽深的天洞
化成了火山的灰烬

我向飞流直下的瀑布发问
我向笑眯眯的向日葵垂询
继续的考证仍一无所获
只是多了几分担心

春天　担心浓姿贵彩的牡丹
压碎了崎岖的石林
秋天　担心满地金黄的野菊
醉倒忘归的陶令

张掖丹霞公园

一个公园
占据地球一方
天地间所有的彩虹
挤碎坡底到山梁
不是点染
不是镶嵌
从血管里溢出
筋骨里生长

可以复制吗
没有那么多雨雪
也没有那么多风霜
最重要的
没有那么多太阳
八千万年太短
三亿年太长
石头打磨的骆驼
走折了劲蹄
不老的鹰隼
也飞不过时光

丝路上的一只盆景
草原长成苔藓
戈壁围成边框
祁连山的皑皑白雪
是它洗晒的霓裳
牵手湿地的倒影
如痴　如狂

丝路上的一只样本
值得虔心思量

三、碧水蓝天

花果山忆孙大圣

我虔诚地祈祷
109 只迎宾石猴　倏地
蹦出个齐天大圣
一步跃过仙人桥
穿云破雾　得道成仙

十八盘上
秋风掳掠了满山栗子
留下呆若木鸡的猴眼
飞旋的落叶
不留半点眷恋

如果大圣还在
一脚踢翻蟠桃盛会
大快朵颐之后
试温八卦炉火
权当一次修炼
率意重踏瑶池
偷得玉液琼浆
催开徒孙眉眼

水帘洞前
几只马猴窥视
伺机出臂　争抢残羹剩饭
飞瀑垂泪
流泉呜咽

如果大圣还在
一斛头翻出灵霄殿外
搅动天翻海覆
搬来人参果苦
猕猴桃甜
赢得猢狲果腹
闲对水墨烟云
空谷幽远

女娲遗石又开
依旧美猴嘴脸
愿唐僧不再念咒
任猴王大展拳脚
廓清西天

迎曙亭下
泡一壶山光海蔚
携手玉女
摇动金镶玉竹
迎圣于云台山巅

四、域外拾零

澳新一瞥

静

推开门窗
推开了过时的月光
晨曦播撒青草的香甜
不声不响
瓦卡蒂普湖从静谧中苏醒
一夜的寂寥
湖水沉淀成碧玉
澄澈　深邃　透亮

斜卧在湖面的游艇
拍打着涟漪
鼾声微茫
翠羽的琴鸟
从湖面上一掠而过
划破静寂
丢下爱情和吉祥

露台上　金灿灿的合欢花
一夜承露　此刻
湿漉漉的相思泪
洒向何方
对岸的皇后镇　睡眼惺忪
为解甜蜜的梦境
费尽思量

墨尔本雅拉河

雅拉河从墨尔本流过
每一段都没有什么两样
朵朵白云落入河底，
与密匝匝的桉树花竞相开放

岸上一浪高过一浪
把新草的葱翠推向远方
又是一条碧绿的河流
又是白云缓缓流淌

一阵阵微风轻轻吹过
"风吹草低见牛羊"
这会儿　白云从天上移到了地下
一簇簇　一片片　一趟趟

像水中的鱼儿难以数清
像天上的星星无法计量
澳大利亚的金荆花开多少朵
地上就有多少只牛羊

在雅拉河的转弯处
有一群突出水面的礁石
人们称它为"十二门徒"
这种称呼未必十分恰当

其实　由于海水的不断侵蚀，
每隔若干年　就有门徒崩塌逃亡
真正坚守这片新垦土地的
是当年的执镐者劬劳无双

考拉与桉树

可爱的小动物——考拉
灰嘟嘟　毛茸茸
憨呆呆地卖萌
像南乔治亚岛上的企鹅
人见人爱，爱意无穷

请问：
千万种食物，
为什么你不选择坚果
多脂而且蛋白质浓浓
千万种树木，
为什么你不选择茶树
保养肌肤而且代谢旋踵

千百年来
你一直生活在桉树丛中
粗纤维的桉叶

把胃壁打磨成砥石
咀嚼桉叶、搅拌草料、提取胡椒酮
一点儿毒素算得了什么
不就是催眠剂稍稍加浓
把二十小时的睡眠
再延长两个钟头　送走落霞
便与蟾桂相拥

鱼钩似的爪尖
紧紧地抱住树干
天当被
树当床
与千年大树共生荣
桉树死了桉叶在
抱着桉叶舞苍穹

五、万水千山

贺建党95周年和长征胜利80周年
（七绝六首）

红　船

黑夜沉沉如墨染，
惊闻雷震电挥鞭。
石濡五色压舱紧，
举桨偏开破浪船。

八一枪声

蜂拥蚁聚破坚关，
地动山摇臼炮酣。
莫道神军偃旗鼓，
环观四野起烽烟。

遵义会议会址

斗柄旋移路不违，
红楼始作勒铭碑。
湘江泣血叹流逝，

再铸金戈挽落晖。

过岷山

过罢岷山始展眉，
回眸草莽泪犹催。
鞍鞯未解将旗鼓，
径取龙城踏雪归。

延 安

延水清澄渭水浑，
绤䛒岂别官与兵。
干戈束起硝烟尽，
宝塔青天写国魂。

西柏坡

咫尺茅庐汇百川，
荡除腐恶报轩辕。
神兵直捣黄龙日，
耀眼旗红赤县天。

望 海 潮

抗日战争胜利 70 周年

　　普天欢庆,旌幡排鼓,举觞敢忘烽烟？蒙辱马关,奉天衅启,痛吾国破家残。白骨枕丘川。血唇吮獠齿,天沮神鞭。燕赵沉沦,江咽无泪朔风寒。

　　神州浩气如磐。看文山赴义、易水波翻。沪上锻锋,平型铸剑,大刀怒斩楼兰。八载道危艰。父老皆城垛,带砺河山。冷察东瀛浪起,奋臂拄尧天。

乙未年仲夏

江　西　行

游龙虎山

山成龙虎水成绸,
绿水丹山夏复秋。
壁开慧眼看福地,
浪涌金龟问陀头。
武帝破忏罢术士,
道君迷箓作幽囚。
泸溪篙点舟如箭,
山自昏辰水自流。

题滕王阁

滕王令名具无长,
一起高阁竟流芳。
挂月披星小江右,
吞虹吐玉大文章。
颠连万壑听豺虎,
宛曲九流望井冈。
南浦烟云今在否,
沉吟王勃齿留香,

浔阳江二首

一

窗含大江水，
鸥吻匡庐云。
北渚莺啼柳，
南湖燕舞春。
公明何震怒，
司马正轻吟。
夕照凭栏望，
琵琶声若闻。

二

鹬落临江渚，
波涛欲撼楼。
长桥担日月，
宝塔镇严尤。
风扫古城净，
露垂棠叶稠。
坡公题额处，
无酒亦风流。

广西三首

南 宁

绿城处处见清嘉,
红药紫荆灿若霞。
喜有宾朋织金缎,
更添异国插樱花。
珠玑朝运通寰海,
明月暮归还壮家。
习习熏风赭云鬻,
细烹香茗听铜琶。

钦 州

建国方略有钦州,
梦想百年空自悠。
一日狂飙掀海浪,
四方精卫聚山陬。
塔连蛛网星棋布,
架灼钢花天地幽。

报与中山堪笑慰，
银毫指处起鸿猷。

防城港

波澜不起驭风云，
十万艨艟气象浑。
海淀岸边奔核电，
金银滩畔炼金银。
沙鸥款款衔天日，
白鹭翩翩托月魂。
生聚卅年惊巨变，
防城原本是渔村。

川中三首

熊 猫

雍容憨态性情真，
食箨山中四体勤。
属近虎界拒腥味，
类如豸犬尚斯文。
形单偏作奉客使，
孤高羞为优伶人。
珍兽何须珍馔饲，
青青竹海好存身。

青城山

楠冠蔽天日，
慈竹抱虚空。
苔深濡翠叶，
础润浸霜钟。
追梦峰偏静，
从心气自融。

坐看云起处，
杜宇听苍穹。

参武侯祠

命悬矰矢失荆州，
云起东南仰武侯。
十万曹兵帚扫地，
一尊弦柱指弹楼。
渐宽衣带存危卵，
苦费精神克劲逎。
帐下可怜无城父，
亚匹管乐与伊周。

绿城合肥二首

一

一湖湛碧起蛟龙，
万杆擎天俱势雄。
淝水奢镶琨玉贵，
蜀山尽匹大夫穷。
间深不掩桃成玮，
路旷能教槿若虹。
莫道春城颜色浅，
黄鹂晓报杜鹃红。

二

卅载白驹一隙过，
世人尽道长庐州。
雷竹讵悟含酸苦，
芳甸应知运思愁。
但引淝河溉薰草，
且将冻雨翦蓁莸。
廉泉最是清凉剂，
染绿熏红不息流。

嘉兴二首

嘉 兴

禾兴蚕壮绝清幽,
水阔山平映画楼。
槜李常寻西子迹,
南湖不系范公舟。
连心香粽留宾客,
浮浪闲鸢觅友俦。
楚楚衣冠才八斗,
文林处处醉吟眸。

南 湖

风雨楼头风雨狂,
千帆过尽望苍茫。
红船一只载天地,
纲纪百年论短长。
讵料前程波浪谲,
只缘奇志虎罴降。
全凭定海指南处,
万羽艨艟又启航。

纳西古城三首

一

玉龙积雪凌霄汉,
壮丽名城古意幽。
小桥流水彩虹路,
飞凤重檐转马楼。
茶马道长驼铃响,
木石痕显笔锋遒。
大研神乐皆唐韵,
虞汉纳西骨肉俦。

二

三坊一照景参差,
九曲回流神自怡。
满眼俏丽青蛙背,
一城争吹葫芦丝。

三

木府嵯峨拟皇宫，
收来紫气镇群雄。
幸圆改土归流梦，
一统边陲大国风。

德天瀑布
——德天瀑布跨中越两国国界

挟雷风伯出山林,
万马奔腾天地昏。
塬上锦铺龙吐瑞,
潭中玉溅鸟镂金。
八间剖分两国界,
九溪流汇一河滨。
榕冠但使成华盖,
大庇斯民赍福荫。

友 谊 关

友谊关雄万仞楼，
木棉红浸百年秋。
苍苍巨蜴浴河汉，
凛凛虬龙戏玉球。
时停时注南风雨，
乍暗乍明老界州。
山出云开接天碧，
清芬满眼立楼头。

济南九顶塔民俗园

一言九鼎此城州,
峪雨松烟隐雉楼。
羯鼓锵锵来域外,
刀梯凛凛立云头。
菜挑聚散千秋客,
水泼悲欢万里俦。
五彩衣裳呈异趣,
山高海阔话乡愁。

夜游雁荡山

巍巍雁荡几千春，
巧借天轮作影身。
亦我亦卿花烛夜，
半推半就画楼人。
庄周梦蝶春风意，
鸿雁传书故土心。
休怨黄粱蒸未熟，
怕惊鸡犬报霜晨。

六、吊古寻幽

谒淮阳太昊陵

高山仰止德风扬，
太昊英灵镇八荒。
厚土苍云埋燧火，
甘霖息壤育膏粱。
断无天路缘神木，
拟有河图奠纪纲。
一脉龙兴承万代，
泣追五帝并三皇。

平舆奚仲公园有感

平舆车骋忆奚仲，
斫鼻神功济世穷。
逐月追星常驻马，
披坚执锐每争雄。
风驰未敢欺辐辏，
电掣何能轻斧弓。
浩浩长江波万里，
一波兴起一波从。

游西北影视城

穿越明清百丈长，
朔风黄土望苍茫。
酒旗半掩拖刀客，
冷月空临演马场。
吹暖陶埙柿香熟，
去寒响箭雪飞扬。
古今百态观摩尽，
只隔浮生一堵墙。

谒成吉思汗陵

铁马金戈逐日寒,
荒烟大漠理须髯。
一生横槊无离手,
百战弯弓不下鞍。
枭视亚欧扫六合,
统筹四极铸新元。
神州从此朝同笏,
长曜明灯天地间。

游开封清明上河园

心慕大梁风古淳，
践冰踏雪一探寻。
勾栏连理家家树，
帆影横斜处处春。
舞榭曲终人未散，
歌台锣响又成群。
虹桥徐步细思量，
唯觉画图更有神。

观西夏王陵有感

谁云天子钟羌汉,
讵料山河翼轸分。
自诩强梁即帝位,
原来暴物敛黎民。
若然大宋金汤固,
何必中原叹陆沉。
荒冢凄凉应垂泪,
贺兰山阙正黄昏。

雨中谒柳侯祠

惊风密雨旧庑廊,
老树无华干自香。
释奴垂爱缘樽俎,
劝学亲躬析短长。
甘将义胆捐黎庶,
必以忠心荐庙堂。
难为覆地翻天手,
倾尽罗池着锦章。

皇城相府

风啸瓦当秋雨瘦,
河山万象萃斯楼。
休言信步登丹陛,
却看严霜染白头。
冢宰门深苔已厚,
辞书馆小意偏稠。
康熙四万七千字,
字字焚膏蜡泪流。

注:皇城相府位于山西阳城县境内,为康熙帝师、光禄大夫、文渊阁大学士陈廷敬府第。房屋因山就势,鳞次栉比,极为壮观。陈廷敬曾任《康熙字典》总阅官。

瞻南阳武侯祠

拂尘争睹忠良忆，
大业未成泪满巾。
一推长颂贤元直，
三顾频称刘使君。
智比萧曹为俊杰，
国兴汉室秉丹心。
长揖先师再回望，
清诗素帛复登临。

访太湖禅宗二祖寺不值

志在苍生园觉甚,
立雪斫肢亦如何。
山深古寺藏不见,
但问人间几慧可。

常熟望虞台

望虞台上莼千盅,
绵袤尚湖信有龙。
吴仲泽被虞山醉,
兼葭兴寄露华浓。
铜琶铁板弹兴废,
炭笔苍岩写鸿蒙。
喜看常熟多稔岁,
言君又宰武城中。

成 山 头

成山未必天尽头,
岬屿沧溟望里收。
汉武有缘凭远眺,
秦皇何事不淹留。
林标铁扇呼风雨,
峁献琼瑶起蜃楼。
恰是春明月满日,
扬帆跨海御潮流。

谒包公祠

非因位显誉皇城，
五短身躯一瘦生。
冠盖去留如柳絮，
一曲铡美古今情。

过乌江霸王祠

蚁舟或可过江东，
重执干戈再逞雄。
亚父心寒料无计，
将兵骨冷誓屠龙。
参商俱陨分野合，
环宇一望河汉同。
浩浩大江东逝水，
乌骓铁甲恨难逢。

端午读屈原列传

端午无端读屈平,
山河作色地天惊。
宪令颁时澄宇内,
辞章吟处泣人神。
三生未附清和浊,
九死敢忘醉复醒。
大浪竞舟行且直,
忠良千古奉丹诚。

七、春风秋雨

青岛金沙滩

蜂拥蚁聚金沙滩，
遍地蘑菇海水蓝。
倏尔云筛三点雨，
过江鲤鲫剪潮翻。

咏"丰大国际"
——贺丰大集团30周年

崇宇巍峨小万方,
宝峰璀璨黯奎光。
云梯百步樵登路,
璧玉千田汗淀霜。
已是斑须垂瘦骨,
犹然孔榻不暇床。
韶光袅袅嗣音甚,
报国惠民续绮章。

观黄山飞龙瀑

来观飞龙瀑,
几欲驾飞龙。
于此足游兴,
西南待好风。

石台三首

秋　景

牿牛迎客远，
木槿掩长溪。
水冷菊开晚，
林暄雁去迟。
桃辞仙果树，
柿挂傲霜枝。
樵斧日闲久，
山山景亦齐。

古徽道

崎岖古徽道，
雾瘴密难开。
心惊闻怨鸟，
股怵遇狼豺。
短褐蹇驴出，
暖裘肥马回。

不辞山路险，
樗栎亦为材。

牯牛降

寻访牯牛降，
临溪溯远流。
香樟不辞老，
枫叶已知秋。
龙啸百叠瀑，
诗吟千古楼。
山中休止步，
绝胜在前头。

游三河有感

二水绕城郭，
一河中分流。
辛未惊顶灭，
壬午起鸿猷。
看遍英王府，
羞登忠武楼。
杨宅深巷里，
光景胜封侯。

注：杨宅，杨振宁抗战初期曾随母借住之所。辛未年,1991年,洪水泛滥,三河遭受灭顶之灾。

游杏花村有感

亭台水榭锦云生，
一径回廊今古呈。
黄氏当垆赊旧酿，
绮衣弹曲换新声。
辖投金井吟飞絮，
马置蘅堂听晓莺。
嫩绿江南杏花雨，
绵绵温润正清明。

游太平湖

近山郁郁远山清，
浦碧潭幽似镜平。
几只闲鹭悠悠起，
一叶扁舟缓缓行。
残红有意染云翥，
细雨无心浥乱尘。
风浪眼前不迷路，
波澜起落亦人生。

天长秦栏工业园有感

饮马秦栏似昔年,
草场翻作创新园。
大道驰车应缩地,
厂房映日不遮天。
喜藏家具流年后,
巧布宏图科技先。
阡陌逡巡回首望,
晚霞如炬纵情燃。

车过无为县

遍地铺金遍地黄,
盈盈春水叶儿长。
风轻柳逸戏鹅鸭,
鱼乐鹰闲晒网纲。
墟里人家悬腊味,
亭中长少弄笙簧。
细研松墨三百斗,
一任书生老更狂。

注:四月初日,车过无为,菜花烂漫,一片金黄,到处是莺歌燕舞景象。有感于斯,借韵抒之。

万佛湖小木屋所见

雨洗空濛山积翠，
龙舒如绘入松轩。
锦缎照莲红灼目，
熏风吹菽碧连天。
农家楼出山窝里，
渔父歌飞潋浦边。
危崖壁立杭河断，
我动心仪自有缘。

当涂太白生态园有感

墟深人渺渺,
隐隐送琴音。
岸柳迎宾远,
野凫傍水亲。
荷枯莲子老,
日晏晚风淳。
漫步池边道,
谁堪陶谢吟。

老浔河踏青赠友

踏歌拂柳过廊桥，
碧血海棠鸟语娇。
何不匀分三春色，
一泓浔水赠皋陶。

等友人不遇

鸡黍蒸熟醪酒稠,
庭除再洒待公侯。
天涯望尽知何是,
惆怅春深独倚楼。

秋浦风清

勤学毕竟足听闻,
慧眼洞天锦绣心。
逐月追云非宝马,
擒龙伏虎仗机芯。

注:有友人作诗曰:劝君莫让儿勤学,未必文章能立身。试看今朝乘宝马,当年俱是厌书人。反其意而用之。

沙漠柠条

茫茫瀚海漫沙尘，
万羽炎曦可铄金。
飞鸟尽藏思渴饮，
弄丸俱蛰畏蒸腾。
绝无燎草并丛树，
但见苦蒿和梏柠。
大漠有灵君识否，
长鞭送绿欲惊魂。

睡　　莲

最喜芙蓉灵秀态，
分株喜插入银缸。
朝夕每恐池深浅，
晦朔尤忧水暖凉。
才露牙白出笑靥，
忙裁锦缎缀褵裳。
精琢岫玉描眉眼，
半闭半睁坠梦乡。

山 茶 花

蕊许青衣破,
霜妃染嫩红。
凝寒叶愈翠,
抱暖瓣相重。
梗守山陬秀,
根移卉苑雄。
芳香岂称首,
着雪色尤浓。

赏　樱

怀琨抱梦岁寒征，
乍起轻雷蕊不惊。
岂让姚黄生锦树，
争如夭采敛红菱。
酡颜有信偎芳草，
艳色无情耻落英。
我与仙樱相许诺，
金筝醴酒话清明。

　　注：4月3日，安徽大学教育基金会邀约于校园赏樱花，故有此作。

秋　兴

日远天高蝉已寒，
接柯交颈叶濡丹。
无篱野菊低能就，
有骨凌霄高不攀。
乍聚兰皋愧鸣鹤，
每浮碧水听啼鹃。
乐哉众鸟归林处，
多少心声入管弦。

病 中 吟

天旋地转倒江沧，
七尺微躯困簧床。
废读常哀日暑短，
绝尘每恨漏声长。
云长刮骨临敌阵，
海迪抱残着锦章。
何以乘风作鹏举，
岂甘俯首让天狼。

迎　新
——2014 年新年

飒飒飙风扫浊尘，
河清海晏地天心。
悬鱼挂府羊兴祖①，
罢宴停馐寇中丞②。
懔懔风威锄五蠹，
拳拳寸草报三春。
应将绿乳酬新岁，
更着金瓯焕采神。

---

① 用东汉羊续悬鱼故事。
② 用寇准罢宴故事。

沁 园 春
——秋浦诗会杏坛设教记

佳节清明,九树甜梅,雨霁云青。问何方仙乐,瑶琴慢捻,舜歌乍起,木铎声声。含媚昆冈,灵渊瞩目,击节徽风皖韵赓。缁林处,又避席垂拱,听诲谈经。

杏坛千载华英。继前哲,夭桃醲李兴。数尼山遗泽,栋梁滋育,神州鼎革,福祉经营。江左名区,簧堂浩宇,凤管龙弦演治平。抬望眼,看九华日丽,秋浦风清。

忆 江 南
——六月二十日,冒雨游泾县桃花潭

　　桃花潭,微雨锁楼台。碧水泱泱深莫测,汪伦携酒独徘徊。太白可重来?

　　桃花潭,趁雨独清游。镜里白发三千丈,桃花应解个中愁。红落满滩头。

　　桃花潭,岸柳正拖烟。鸥鹭欲追无踪影,风雷万里已成仙。天上又人间。

忆江南
——淮上明珠蚌埠

一

忆荆涂,一字石门开。醢脯三蒸依闾望,春潮起落扫苍苔。八载未归来。

二

诸侯会,其势壮焉哉。奔骤云车聚万国,飞鸣雷电撼荆台。合力振黄淮。

三

龙湖畔,朱雀吐烟霞。十万蜃楼辉碧树,八方大道接天涯。捡贝识渔家。

四

珠城隽,垂棘射光环。汩汩地脂原劲草,腾腾热电赖硅园。探骊得珠还。

五

珠城好,水乳石榴甜。一曲拉魂腔调古,千村花鼓月儿圆。龙凤舞翩翩。

桂 枝 香
——有感于环保督查

　　七月流火。赞不朽春光,积翠城垛。放眼城郊气象,枣梨争夥。夸父恰似弃权杖,遍神州,邓林深锁。岭云青蔚,野芳被岸,茑萝垂䍁。

　　忆往昔,浊污横播。惜三牲源口,孳息蝇蠃。借重十二铜表,淮阳高卧。涤瑕荡秽今朝事,对天眼,浼尘无躲。湖山绿映,庭园香绕,桂华邀我。

八、贺寿酬酢

贺二位老领导八十遐寿

玉柱擎天两劲松，
栉风沐雨愈葱茏。
轻弹鸣琴治单父①，
勿翦甘棠咏召公②。
房相辨玉擢如晦③，
孙章结环谢郭躬④。

---

① 治单父：《吕氏春秋·察贤》："宓子贱治单父，弹鸣琴，身不下堂而单父治。"

② 甘棠：《史记·燕召公世家》："召公之治西方，甚得兆民和。召公巡行乡邑，有棠树，决狱政事其下，自侯伯至庶人各得其所，无失职者。召公卒，而民人思召公之政，怀棠树不敢伐，歌咏之。作《甘棠》之诗。"

③ 房玄龄与杜如晦：房玄龄为唐太宗的宰相。每平定一地寇贼，他人竞相搜掠金银财宝，房却把招揽人才放在首位，遇贤臣良将即结为挚友。唐太宗为秦王时，杜如晦为王府记室，房认为他是辅佐帝王之材，极力向李世民推荐，让他参与军国大事。后杜拜为尚书右仆射，与房共掌朝政。时称"房谋杜断"。

④ 孙章与郭躬：东汉明帝时，中常侍孙章犯了误传圣旨之罪，明帝欲杀之。三公府吏郭躬当庭为孙章辩护，使之获得减刑。结环：结草衔环。

海屋添筹人不老①,
伏枥骥马志尚雄②。

---

① 海屋添筹:苏轼《东坡志林·三老语》:"尝有三老人相遇,或问之年……人曰:'海水变桑田时,吾辄下一筹,迩来吾筹已满十间屋。'"
② 老骥伏枥:曹操《步出夏门行》:"老骥伏枥,志在千里;烈士暮年,壮心不已。"

贺省诗词学会卅周年(三首)

一

廉颇没齿肉吞斤,
杖国子材扫劫尘。
椿发当年花缀树,
龙飞此地势腾云。
白头稍逊商山皓,
重任还如社稷臣。
莫道冯唐今老矣,
淮阳卧治有贤人。

二

皖江浩浩流诗韵,
奋棹中流赖隽贤。
澎湃涵泓波逐浪,
铿锵嘹呖后追先。
喜吹短号新翻曲,
遥祝佳辰而立年。

但得苍鹰排昇上，
尧歌舜调震云天。

三

满眼秋声绛换黄，
诗情不解肃霜凉。
一枝万感天翻覆，
千卷齐歌地奋扬。
日暖蓝田生乳玉，
台高铜雀看鸿行。
吾敷风雅无佳句，
聊作续貂论短长。

题贺《老年诗词选》付梓

宝刀敢让莫干锋,
把酒临风意气雄。
家国山河风雅颂,
郑音剔抉是黄钟。

和奇圣五律奉梁公二首

一

桑梓不为客,
归来浪漫游。
关山拓清抱,
江海洗明眸。
筚路开诗教,
云帆破激流。
今朝奉巨帙,
光照百重楼。

二

慷慨风流甚,
诗家不胜愁。
泓融吞沧汇,
涵澹得清幽。
勉力追骥尾,
腆颜拥鳌头。
不饮已微醉,
心期百虑周。

读栋材《近水斋诗词》有感

近水斋台桂月浓，
冰晶万里入心胸。
金石谊厚七言外，
玉岭风高一卷中。
诗尚香山情似酒，
词宗苏子气何雄。
春光满眼醉看久，
欲到城南访谢公。

读《梁东诗词选》

诗坛于鼎在淮扬，
凤舞龙鸣着锦章。
万壑胸襟敷玉管，
三千河岳系刚肠。
挟雷春雨纷纷下，
开卷清诗细细香。
金翅云中追李杜，
月流星涌大江狂。

与奇圣校正拙诗平仄

也无清酒也无箫,
君子相与水作醪。
趋席谈诗勤指点,
凭机检字细推敲。
岂期夺锦如刘白,
尚待苦吟步贾姚。
老大习书犹未晚,
银毫紧攥对良宵。

陪梁东先生考察太和试教

笔走龙蛇书画乡，
弹冠颔首尽裴王。
七旬翁媪耽佳句，
三尺稚童萤短窗。
椿芽二月裁诗兴，
颍水千秋费评章。
正是莲开好风日，
缅怀屈子庆端阳。

附录

时代的歌者
——读周本立诗集《丈量大地》
季 宇

《丈量大地》是周本立先生继《山水行吟》之后出版的第二本诗集，捧读之后，一股欣喜之情油然而生。

周本立先生热爱诗歌，文学造诣深厚，但由于长期担任领导工作，公务繁忙，在位期间很难抽出时间进行创作，直到退居二线后，他的创作才一发而不可收，作品不断涌现。这本《丈量大地》就集中了他在诗歌创作上的最新成果。

一是情感真挚，充满时代精神。这是诗集的一个显著特点。在诗集中，诗人以饱满的热情讴歌了祖国、讴歌了改革开放，表达了对家乡、对英雄和对普通建设者的热爱和崇敬。这部分诗作在本集中占有很大篇幅，而且内容厚重，富有感染力。我们可以看到，诗人始终关注时代的发展，并且保持着诗人的敏锐和激情。他在诗作中放声歌唱，大到祖国发展、改革开放，小到家乡建设和变化，无不倾注了感情，诗意飞扬。在新中国的许多重大事件中，诗人都没有缺席。如汶川大地震、新中国成立六十周年、沈浩去世、宇宙飞船上天、抗击金融危机等。作者以一种爱国主义和英雄主义的情怀，抒发真情，使整个诗集与时代精神合拍，充满了深沉的爱和积极向上的格调，闪烁着现实主义和理想主义的光芒。

二是感受独特,来自生活。周本立先生长期担任领导,经常深入基层,走南闯北,积累了丰富的素材,而且他阅读面广,知识渊博,笔耕不辍,勤奋创作。读万卷书,行万里路,这使他的创作既有理性思考,又十分接地气。他曾对我说过,有时到一个地方,看到的想到的,一有灵感(有时可能就是一两句),便随时记下,回来后再创作成篇。从这部诗集中,可以看出,不少诗篇都是这样创作出来的。如写山水、工矿、学校、节日、名胜古迹,包括一些细小的生活场景,看望老首长、狱警给犯人上课,等等,无不入诗。难能可贵的是,这些诗并非浮光掠影、走马观花之作,而是有感而发,具有深厚的生活底蕴,弥漫着浓郁诗情。

三是视野开阔,联想丰富。周本立先生的诗好读、耐读。他的诗视野开阔,题材广泛,而且联想丰富,意象生动,想象奇特,富有哲理。如《群山》中:"海,是躁动的群山/山,是沉思的海洋",这样的描写是一种错位,十分新奇,让人耳目一新。如《煤,应该是白的》,这样的意象也与众不同,赋予了"煤"新的含义。诗贵创新,而创新最难。难就难在要打破僵化的既定思维。周本立先生的诗避开了俗套。在他的笔下,群山、小溪、老街、沉船、历史人物等都赋予新的意象,而且联想丰富,十分难得。

四是诗句凝练,充满诗意、诗理和诗趣。如《屯溪老街》开篇:"历史/越来越远/越来越瘦/踅进这老街/才找到了归舟。"短短几句,精练形象,生动传神,而且放得开,收得住,可以见出作者的文字功力。再如《茅草》一篇:"从山里归来/我带回一束茅草/满室充盈森林的呼吸/侧耳细听田园的喊叫",诗句以小见大,写得颇有气势,令人读之心胸开阔。还有《紫砂壶》一篇,开头是"小小的紫砂壶/装着五湖三江/点点滴滴/说不尽山高水长",写得非常有诗趣;但结尾又写道:"我敢断言你绝买不到/紫砂的精髓 紫砂的魂魄/生命的真谛/在紫砂中深藏",此段诗句又充满了诗理,令人回味。从这些诗句提炼,一方面看出作者具有很好的古典诗词功底,另一方面也与诗人对生活的感悟分不开。

眼下诗歌的圈子越来越小,其实不光是诗歌,包括整个文学正在逐渐边缘化。这里有市场原因,也有作者问题。如何让更多的文学作品受人关注,受人喜爱,我觉得重要的一点,那就是关注现实,关注人生。这一点,《丈量大地》让人值得学习。此外,周本立的诗风质朴、清新,诗句朗朗上口,既不故弄玄虚,又不晦涩难懂,适合各个层次的人阅读,亦值得称道。

——原载于《合肥晚报》2008年4月27日

(季宇:著名作家,安徽省文联原主席、安徽省作协原主席、《清明》《安徽文学》原主编)

遨游在想象的天空
——周本立诗歌艺术浅析
许春樵

中国古代以"诗言志"为诗歌正统,而在西方现代诗论中,则认为"诗与思"就像大地与天空,互为因果,互相注解。两者表述不同,意思差不多。德国存在主义哲学家海德格尔很固执地认为,人类的真理存在于诗歌和哲学之中。这对中国读者来说很难理解,而海德格尔真的就从荷尔德林的诗歌中嗅出了人类存在的真相与轨迹,是诗歌把人带到了神的面前,诗人是人和神之间的使者。

上述背景性描述意在说明,诗歌不只是为抒情而诞生的,诗歌是为思想而存在的,或者说,因为有了对人生、社会、人性的独立思考与独特判断,才使得诗歌的抒情具有了质量和分量,具备了穿越心灵的力量。李清照的"生当为人杰,死亦为鬼雄。至今思项羽,不肯过江东"情感穿透力极强,诗的背后传达的是对操守与气节的誓死捍卫这一核心思想。

让思想在诗歌中生根发芽,并让读者在诗意中享受思想与情感的洗礼,必须要靠诗人杰出而惊人的想象力来实现。如果说思想是诗歌的灵魂的话,那么想象就是诗歌的翅膀。没有想象力,再伟大的思想也不可能起飞。诗歌就是因为插上了想象的翅膀,才能载着思想、携着情感,在艺术与审美的天空自由翱翔。通俗点说,没有想象,就没有诗歌。

与同时代诗人的作品相比,周本立先生的诗歌艺术品质主要表现为:独立而奇特的意象设计,非凡而优越的想象能力。他在崎岖跌宕的历史想象中还原历史本质;在错综复杂的现实想象中揭示现实真相;在"精骛八极"的艺术想象中强化诗歌的意韵。这些特质主要体现在三本诗集《山水行吟》《丈量大地》和《绿叶红椿》中。

周本立先生的诗歌题材覆盖面很广,古今中外、政经文史、自然社会、人文地理,差不多是一部诗歌百科,而其诗歌的表现姿态则是:在历史与现实之间,行万里路,吟千首诗。称其为"行吟人",一点都不为过。

周本立边"行"边"吟"着他对历史,对现实,对社会,对人生,对人性,对诗歌,对艺术的感悟、体验、理解与判断,以自己漫长而深厚的政治经历和人生阅历,用诗歌的方式进行阐释、总结、表态和领悟。这是艺术审美,也是人生提炼。艺术中的人生是真实的人生,因为人只有在艺术中才是自由的。在我看来,人们追随艺术,一是寻求自由,一是前来避难。

周本立的诗歌不是用来避难的,他想以诗歌的方式来自由地表达他对这个世界的理解与把握。整体看来,他的创作是在没有人生苦难和精神愤怒的挤压下进入了自由自在、轻松自如的诗歌空间,所以他的诗歌在身心自由中打开了充分的想象力,诗风明显趋向于浪漫和正能量输送。如《山水行吟》中的《心灵回响》,《丈量大地》中的《柳绵思雨》,以及《绿叶红椿》中的《红船集》等。

周本立在丈量大地和行走的途中,与中国的五千年文明历史迎面遭遇,历史遗迹、历史人物、历史传说、历史重建无处不在。历史是时间的化石,历史是沉默的过去,它的内涵是什么?它的色彩是什么?它的意义是什么?周本立深知一个诗人的历史使命,于是他以自己独立的意象复活历史,以自己独特的想象还原历史本来的质地,并赋予历史以时代价值,即实证克罗齐所说的"一切历史都是当代史"。在《铁画〈芜湖〉》一诗中,作者将古老的工艺品芜湖铁画拆分成两个意象,一个是"铁画《芜湖》",一个是"芜湖铁画","一幅已经定型/一幅仍在锻打",

在虚实相间的艺术想象中,将历史上的芜湖铁画与现实中的奇瑞汽车进行了无缝链接。

意象的选择是想象力的一个重要体现。《振风塔》写安庆的文风昌盛,"为了书写这里的风物/长江在岸边矗立一支大笔/浪涛翻卷着册页/江水如墨",振风塔如笔,江水如墨,想象力不仅开阔,而且贴切准确。而诗中在写到"桐城派"时,"但宁可饿死/也要用方块字/填饱肚皮",方块字与口粮,文章与饥饿,在此构成因果性逻辑关系,将奇特的意象选择彰显出的想象力发挥到了极致。

诗以形象说话,诗中的形象不是白描在场的事物,而是想象具有隐喻功能的事物。《醉翁亭》中,"欧阳太守/举觞处/一壶秋风/半盏冷月//明明醒着/偏要说醉/期待峰回路转/却是斜阳西歇","秋风""冷月"并不在壶盏之中,是想象的事物,隐喻了太守被贬后寂寥和苍凉的心境,而"醉翁不醉"是作者对历史本真的大胆假设和小心判断。"人知从太守游而乐,而不知太守之乐其乐也!"作为拥有文学气质的政治家,胸怀天下的欧阳修从来就没醉过。

《古罗马角斗场》在"千里之外/就闻到了血腥/万里之外/就看到了癫狂",以空间和距离来揭示罗马角斗场的狰狞与人性的战栗。《辽西化石记忆》中以数量来改变质量,"于是一千次的撞击海礁/一万次的搏击海浪/终于在血流如注的地方/长出了坚硬的翅膀"。《宁远古城》中以情感的想象来置换物质的城墙和袁崇焕的冤案,"城墙依旧完好/坍塌的地方已经修复/不是用水泥砂浆/而是用垂泪的景仰/只是那颗冤屈的灵魂/永远也不能修复了"。《故乡里》的算盘在跨时空想象中拥有全新的意义,"拨动算珠算一算/文明的年轮有多长/昨天的生计/变成了今天的收藏/而今天的鲜活/终会走进历史的库房"。

诗歌的历史叙事,一是面向未知,一是面向未来。周本立历史视角的诗歌提供了许多未知的真相和价值,而且尽可能地赋予未来的价值。

诗歌不是模仿现实,而是以想象对现实进行再造,再造的现实是诗人理想中的现实世界,是诗人自我判断后的真实世界。诗人的才华取决于想象,诗人的思想取决于再造的能力。在大量现实题材的诗歌中,周本立充分调动艺术想象力,对现实社会与人生百态进行二度打造,于是出现了一个个超越读者日常经验的全新的现实。《黄山挑夫》中的挑夫已不再是一个为生计而跋涉的劳工,而是一个激活黄山自然风景的创造者,一个有分量、有质量的黄山人文风景的代言人。"小小扁担/如此沉重/一头担着莲花峰/一头担着天都峰/担来欢声笑语/撒遍玉屏楼下/百丈泉边/抖落杜鹃花蕊/满山姹紫嫣红","扁担"在此担起了整座黄山。

《鹅卵石》是一首想象力卓越的诗,人格化的写景状物赋予了鹅卵石以生命。"不辜负大山的嘱咐/排列成澄澈的河床";而在另一场景中,"石头以愤怒的堆积/抗拒水的暴戾/改变河的流向",这"是一群无言的石子",也是"一颗颗跳动的心脏","鹅卵石"因此有了灵魂。

在《琴瑟和鸣》的迪沟生态园中,诗人将天地倒置,在空间想象中放大诗意,"天空没有了云彩/云彩都落在湖上 天空/只剩下碧蓝的眼睛"。《看制壶》共三节,以动写静,以静写动,寥寥几笔,制壶的艺术魅力跃然纸上。"三点两画/有青鸟飞去/换来翩翩落雁//泡一壶湿地/情思满溢/壶里水深/壶外水浅",由制壶升华至品茗的情深义重,在想象中提升了诗歌的人文境界。

诗人眼中的山与芸芸众生看到的山是完全不一样的。周本立诗中的《群山》揭示的是"山水相依"这一被视觉遮蔽的真相,"在地球摔倒之前/山在那边 海在这里",在某一个地球趔趄的早晨,山水"呼啸着改变了方向",于是有了这首诗的诗眼,"海,是躁动的群山/山,是沉思的海洋",山与水被诗人重新命名,诗与思形成了完美的对接。煤是黑的,但诗人笔下的《煤,应该是白的》。诗人的想象力一旦被打开,就发现了汽油是白的,甲醇是白的,烯烃的粒料也是白的,它们都是煤的子孙,"酒是白的/汗水也是白的/没有酒和汗水/就没有煤的辉煌/甚至没有煤的诞生"。煤的传统形象被彻底颠覆,重要的是,煤的本质被诗歌开掘出来。

周本立写人的诗作不多，尤其是反映当下人的生存状态与行走姿势的诗作，在三本诗集中所占比例很小。人是最复杂的，又是最难把握的创作题材，任何想象都很难直接抵达人的本质，周本立试图以自己的想象去理解和塑造当下人的精神、气质与风貌。与《黄山挑夫》如出一辙，《清洁工》同样是一个宏大视角中的想象，"清晨　你撕下第一片朝雾/擦净每一级台阶/黄昏　你伴着最后一缕晚霞/把劳顿装进背筐"。不同的是，《黄山挑夫》表达的是力与美，而《清洁工》则是感动与感恩。《爽朗的笑声》写诗人去看望一位病中的老首长，病中的老首长豁达、乐观、从容、大气。病中的态度才是最真实的人生态度，"你老了病了/你的笑是否也老了/或者和肉体一同生病//是的生病了/世界经济病得不轻/　接着　引经据典侃侃而谈/随时准备为地球出诊"，"说着说着，一阵哈哈大笑"。这是一首内视角的诗歌，诗人在心理流动中想象着老首长的"笑"是否和身体同时衰老和生病，然而老首长的"笑"不仅没病，而且还大笑着为地球诊病。这几首写人的诗在大胆而丰富的想象中提炼出"奉献、牺牲、创造、达观"的人生主题，这同时也是人生的至高境界，其境界正是潜伏在诗人内心深处的人生观和价值观，诗人是以诗的方式为人造型。

　　有韵味、有意味的诗歌才是具有审美价值的诗歌。周本立丰沛的想象力强化了诗歌意韵，提升了诗歌的审美境界，使得诗歌在天马行空的想象中拥有一泻千里、一气呵成的走势与气势。《吊虞姬墓》就是一首气势恢宏、大气磅礴的诗，"剑折断了/折断的　不是历史脊梁　而是英雄的翅膀//虞姬被掩埋了/埋下的/不是殉情　不是抗争/是西楚霸王/血淋淋的霸气　和/不肯过江东的疼痛/楚歌四起　冷却了江东弟子的血性……""文以气为上"，气韵的澎湃流畅在这里是靠充分的想象力来实现的，将"剑"与"英雄的翅膀"、"掩埋"与"殉情"、"楚歌"与"冷却""江东弟子的血性"等意象进行深度嫁接，从而在跳跃与切换中将读者带进历史的画廊之中，并意外地获得了现代阐释。在徐州参观楚王墓葬时，诗人联想到家乡的包公墓，一个极尽奢华，一个简朴平常,但诗人发现当年楚王刘注已被人遗忘,而"北宋的墓道空空荡荡/千年的香火却越烧越旺"。"空空荡荡"与"越烧越旺"这两个意象切换,造成了诗歌巨大的阅读张力,也使得"诗眼"涨满了韵味和意味。同样气韵生动的诗作还有《宁远古城》,"行刑的日子我猜想/刮得瘆人的阴风/比刀子更锋利/比凌迟更惨痛/刮断所有的阳光和月光/把人类的良心涂得漆黑/只是菜市口那尊石狮/发出惊天的怒吼";《睡佛》,"头枕着太阳/怀抱着月亮/天地间/你安然睡去了//盘古的时候/你就入眠/尚未醒来 沧海/已隆起了山峦";《江南诗山——敬亭山》,"敬亭山不高/秦汉以来的游人/把它踩低了"……在这些诗意盎然、韵味绵长、意味隽永的诗作中,一个显著的标记就是,诗人的想象力被完全的澎湃激情打开,而带给诗歌创作的启示在于,诗人对题材感受越深、把握越透,诗情就越旺盛,想象力也就越出色。

周本立诗歌的价值取向显然是属于主旋律的,他的诗歌洋溢着一种主流意识形态的政治激情和对人生、对社会、对人性的积极与正面的碰撞。然而,任何一种价值选择都是一把双刃剑,周本立先生的诗歌在传递正能量的同时,自然也就放弃了对社会、人生与人性阴暗面的质疑、批判、反思与拷问。不过,作为一个艺术感觉与艺术天赋卓越的诗人,周本立先生以出类拔萃的想象力为读者营造了一个丰富而广阔的艺术空间,诗人带着读者一起邀游在想象的天空,最先抵达审美的殿堂,最终停泊在心灵的港湾,品味并享受着生命赐予每个人的诗意与沉思、光荣与梦想。

——原载于《清明》杂志 2015 冬季号

(许春樵:著名作家,安徽省文联副主席、安徽省作协主席)

不老的人生行吟
——周本立新诗印象
刘鹏艳

评论家唐先田曾在诗人周本立的诗集中写下这样的序言,"他的诗情与公务结缘了,密不可分了,这也就铸就了他诗歌的大气、正气和时代之气"。在本立先生的第一本诗集《山水行吟》中,很大一部分作品确乎"是公务与诗情有机融合的结果",诗人的歌咏和思考都是厚而重的,罕有轻松闲适的意趣。在我看来,《山水行吟》既是诗人创作道路上的起点,也为诗人日后的创作提供了一种系统隐喻,他的《丈量大地》和《绿叶红椿》正是这种"厚而重"的行吟的延续。略为不同的是,这种"不断地走、不断地看、不断地想,既走着地理的路,也走着时代的路"的行吟,饱含强烈的历史感、时代感和现实感,无论在广度还是深度方面都有所延伸,显示了诗人日益醇熟的作品风貌。

本立先生是20世纪70年代初中文系毕业的高才生,却"误入"经济工作领域,数十年来一心扑在各种项目、数字、指标和结构上。因职责所系,他苦练"三基"(基本理论、基本情况、基本政策)功夫,偶尔的诗兴和诗情于他而言,反倒成了"不务正业"。直至步入人生的黄昏,本立先生方始潜心于写作,当人们以实用的、世俗的眼光打量诗歌这种非实用的、心灵的文学样式时,本立先生却把缪斯奉为他的神祇。是否可以这样说,诗人早期在工作负荷之余陆续写下的作品,是他久抑的诗心、诗情的萌发,而后期质量较为整齐的大量创作,则是其长期积淀的爆发。从《山水行吟》开始,诗人即为自己的作品定下了朴实明快的基调,他以广泛的社会生活为材料、以"最大公约数"的人民大众为标尺裁度诗歌,拒绝个人本位主义的写作姿态,于平凡民生的摹绘歌咏中彰显出时代精神和人文内涵。诗人说,诗不能让人读不懂。这是一种宣言、一种选择、一种诠释。所以无论是《山水行吟》《丈量大地》,还是《绿叶红椿》,它们都一脉相承地递延着诗人对创作的朴素理解,那些闪耀着生活之光和理想之光的诗作,正是诗人在心路上行吟的坚实履痕。

如果说诗人在《山水行吟》中的情感抒写,还隐含着某种对产权价值和经济增长点的职业本能的话,那么这种对经济工作的敏感度在《绿叶红椿》中则大大降低了,取而代之的是更为深沉的忧患意识和人文精神。这种从昂扬到沉郁的转变,并不代表诗人放弃了他诗作中朴素明朗的基调,相反它在某种坚守中增值了作品的意义。"守护一座座青山/以山的坚定/守护一方方湿地/以水的柔情",在诗集《绿叶红椿》中,诗人以一首《守护》开宗明义,用浸染生命的文字护持全人类的墒情,简白晓畅而又情感深沉,显示出立足现实的大境界和关怀人生的大情怀。《伦敦眼》《故乡里》《河姆渡遗址》《赤道纪念碑》等篇什,是诗人游历天下时的思想行吟,与那些浮光掠影的即兴之作不同,这些作品既注意捕捉和描绘具体感性的诗歌形象,又不忘赋予诗歌理性的光芒,包孕着丰富的文化信息和朴素深沉的哲理。"我站在初始子午线上/左脚踩着东半球/右脚踩着西半球/时间在脚下摇晃",诗人在《格林尼治时间》中分别以距离、味道、温度、色彩等多种维度"称量""时间的成色",其思考既具历史的延展性,又富现实的针对性,甚而还具有哲学般的广泛包容性,体现了历史的复杂及其自身的强大活力。《故乡风物志》虽是一组清新的小诗,却承载了诗人对故乡的一份沉甸甸的情感,纺车、水车、风车、石臼、镰刀等农村日常的生产生活用具,在诗中凝缩为一个个亲切温暖的生命符码,诗人抚今追昔,以自然的节奏和冲淡平实的语言构筑了一幅宁静悠远的人生图景。

进入自觉探索时期的诗人视野更为开阔,不仅在作品中抒发自己对生活的感受和对人生的感悟,而且关注人的本质与生存处境,往往通过提炼单纯而明朗的艺术形象抵达某种丰富和深沉。在诗人的笔下,艺术表现的对象同时也是一种严峻的生存考验。诗人在《留下这几棵老树》中写道,"很小的时候　树也很小/城市离得很远/但天空很亮很洁净/树　以勇于承担的性格/把我们拉得很近",强烈的忧患意识和历史使命感使得诗人把个人的悲喜与对现实的感知结合起来,在国家与民族乃至全人类的历史发展中,不断寻求价值和呼唤文明。《守护》《漂绿》《留下这几棵老树》《江豚的忧伤》等篇什,均是诗人对生态问题的沉痛反思,体现出生命思考、人类意识和历史使命感的融合。在诗人看来,"绿叶红椿"不仅是一种生动的审美意象,而且是一种和谐的生态理想。诗人对自然的偏爱体现了他对生命的尊重以及悲悯情怀下的深切渴求,反思、寻觅与呼唤,诗歌的意义旨归呈现出动人的生命之光。正如诗人在《树梢上　最后一片叶子》中的表白,"我站在自己年轮的高度/叶面闪动余晖的毫芒/我要挤尽最后的叶绿素/书写来自根部的思想",诗人的书写是具有思想含量的,对人类命运的思考使他的文字和那一道道沧桑的年轮一样,雍容地占有生命的、历史的高度。

《庄子·逍遥游》有曰:"上古有大椿者,以八千岁为春,八千岁为秋。"常青不老的大椿树是诗人笔下富含美学元素的艺术形象,它似乎也预示着诗人在创作道路上的一种蓬勃野心:以常青之态行吟人生。本立先生说自己"是在很多人看来应该退出诗坛的年纪,懵懵懂懂地走进诗的殿堂",这反倒更能说明他与诗歌的缘分,在人生的暮年,把思想的焦点集中到对精神世界的艺术探索上,诗人的生命之树因精神的行吟而翁郁常青,人生和艺术在独特的审美意象中实现了交融和统一。

——原载于《光明日报》2014 年 11 月 24 日

(刘鹏艳:《清明》杂志编辑,主编助理,作家)

后　记

　　我的上一本诗集《绿叶红椿》问世后,我就在盘算,今后每隔一两年即争取出一本诗集,以慰平生。现在看来,这一设想是要落空了。从那时到现在,整整五年过去了,这五年我在与病魔作斗争中,断断续续记下一些诗句。直到现在,才勉强凑足这本《游目骋怀》的诗什,而且大有白居易之"境胜才思劣,诗成不称心"的感慨。

　　这本"不称心"的小册子之所以问世,是众人帮忙的结果。首先,得益于我在省企联的同事江英,她用大量的时间,甚至是废寝忘食,从我的芜杂的诗稿中整理出条分缕析的文本;旧体诗部分,请省诗词协会的汪奇圣老师字斟句酌地校改过;参与其中的还有徽商交流协会的同人叶青松等;文艺评论家唐先田拨冗为《游目骋怀》作序,给了我很多鼓励;著名作家温跃渊也给了我诸多帮助和指导。友人张安东在与出版社的沟通上也做了很多有益的工作。在此,向他们一并表示衷心的感谢!